Tagebuch eines deutschen Soldaten

Feldwebel C___
Hauptfeldwebel 88. Infanterie,
21. Division, 18. Armeekorps

Tagebuch eines deutschen Soldaten, Feldwebel C___

Erstveröffentlichung Alfred A. Knopf,
New York, 1919

Vollständig überarbeitete Ausgabe.
Ungekürzte Fassung.

Deutsche Übersetzung: Martin Dietrich
Printed in Germany

www.klarweltverlag.de

Inhalt

Die Leser sollten bedenken, dass dieses Werk, soweit bekannt, nur in einer französischen Ausgabe erschienen ist, die 1918 von Payot et Cie in Paris veröffentlicht wurde. Es wurde in französischer Sprache verfasst und aus dem Französischen übersetzt - - - dem Französisch des Autors, eines deutschen Unteroffiziers. Da er in einer Sprache schrieb, die nicht seine eigene ist, hat er es an einigen Stellen versäumt, seine Bedeutung völlig klarzumachen, und dies erklärt, was in der englischen Fassung als Grobheiten oder sogar Fehlübersetzungen erscheinen mag.

Vorwort

Schon wenige Seiten dieser Kriegserinnerungen werden den Leser davon überzeugen, dass ihr Autor eine wichtige Position in der deutschen Armee innehatte. Obwohl Feldwebel C___ nur die Rangabzeichen eines Unteroffiziers trug, war er doch praktisch ein Offizier, wenn auch nicht dem Namen nach. Seine Aufgaben entsprachen, wie manchmal auch in der französischen Armee, denen eines Offiziers. Er spielte eine wichtige Rolle im sogenannten Stab seines Bataillons. Er war seinerseits Sekretär, Dolmetscher und Verbindungsoffizier. Er führte häufig Vertrauensaufträge aus und überbrachte oft wichtige Botschaften.

Außerdem genoss er das ganze Prestige, das die deutsche Armee mit dem Rang eines „Einjährig-Freiwilligen" verbindet. Er speiste mit seinen Vorgesetzten und mischte sich, wenn er nicht im Dienst war, gleichberechtigt unter sie. Ein junger Mann aus der Oberschicht, der auf eigene Kosten ein Jahr lang in der Armee dient. Im Englischen gibt es keinen entsprechenden Begriff.

Die besondere und relativ unabhängige Stellung, die dieser ziemlich gut informierte und aufmerksame junge Mann vom 1. August 1914 bis zum Oktober 1916 innehatte, ermöglichte es ihm, viel zu sehen und uns ein lebendiges, immer interessantes, wenn auch mit extremer Einfachheit dargestelltes Bild der Ereignisse zu geben, deren Augenzeuge er war. In der Tat ist C___ kein Schriftsteller und führte sein Tagebuch mehr zu seiner persönlichen Befriedigung als aus literarischem Ehrgeiz. Gerade wegen dieses völligen Mangels an Anspruch und wegen der unbestreitbaren Gedankenfreiheit des Autors schienen uns diese Memoiren beim französischen Publikum Anklang zu finden. Wir werden einige der barbarischen Szenen und Vandalenakte, die das deutsche Heer entehrt haben, am helllichten Tag vorgeführt bekommen.

C___ gibt mit großer Genauigkeit die Orte, das Datum und fast immer den Namen, den Rang und die Einheit der deutschen Offiziere an, die sich so oft daran ergötzten, unschuldige Zivilisten mit allen möglichen Misshandlungen zu überwältigen, die mit barbarischer Brutalität und unzüchtiger Leidenschaft begangen wurden. In dieser Hinsicht stellt das Zeugnis von C___ ein wertvolles Dokument dar, um die Anklage zu untermauern, die die Alliierten seit drei Jahren gegen Deutschland erheben: Die grausamen Verbrechen, wie zum Beispiel das heimliche Massaker an zwanzig französischen Zivilisten, männlichen und weiblichen, mit Bajonetten, das Oberst Puder am 29. August 1914 in Braucourt anordnete, sind in allen Einzelheiten und mit der notwendigen Sorgfalt verifiziert worden.

Dieses kleine Buch besitzt noch ein weiteres, rein historisches Interesse, denn diese einfachen täglichen Aufzeichnungen stellen in Wirklichkeit die vollständige Geschichte eines deutschen Bataillons für die ersten zwei Kriegsjahre dar, das eng mit seinem Regiment, seiner Brigade, seiner Division und oft sogar mit seinem Armeekorps verbunden war. Obwohl der Autor weit davon entfernt ist, ein Künstler zu sein, oder vielleicht gerade deshalb, schildert dieses Buch getreu das Aussehen und das Lokalkolorit der verschiedenen Phasen des Krieges an den verschiedenen Fronten: Luxemburg, Artois, Picardie, Champagne, Galizien und die Vogesen. So erfährt man beispielsweise, unter welchen Bedingungen eine deutsche Division zwischen der französischen und der russischen Front hin und her pendelte und wie lange sie dafür brauchte, in jenen fernen Tagen, als dies noch der Fall war. Im Jahr 1916 beschloss der Autor, der vom preußischen Militarismus zutiefst angewidert war, nach Dänemark zu fliehen, von wo aus uns dieses Werk erreicht hat. Nachdem er neunzehn Monate lang sowohl in Frankreich als auch in Galizien tapfer gekämpft hatte, wurde Feldwebel C___ zu Beginn des Angriffs auf Verdun (23. Februar 1916) schwer verwundet und verbrachte vier Monate in einem Krankenhaus in Frankfurt. Kaum hatte er sich erholt, wurde er an die Front zurückgeschickt.

Die Chirurgen schickten ihn jedoch erneut nach Deutschland zurück, wo die Behörden ihn schließlich als untauglich für den aktiven Dienst einstuften. Er wurde in den Hilfsdienst versetzt und zu einem Nichtkombattantenbataillon geschickt, das an der dänischen Grenze in Schleswig im Einsatz war. So verließ Feldwebel C___ die deutsche Armee, nachdem er seine volle Pflicht erfüllt hatte, und zu einem Zeitpunkt, als er nicht unter Beschuss war. Seine Fahnenflucht hat nichts Unehrenhaftes an sich, und das ist wichtig für das Ausmaß an Glaubwürdigkeit, das wir seinen Meinungen und Kritiken beimessen sollten.

Wir glauben, dass dieses eher streng geschriebene, aber vollständige Buch ein einzigartiges Dokument darstellt: die Kriegserlebnisse eines deutschen Zeugen, eines tapferen Soldaten, aber dennoch sehr liberal gesinnt und vor allem vollkommen geradlinig und aufrichtig.

DAS TAGEBUCH EINES DEUTSCHEN SOLDATEN

Am 1. Oktober 1913 trat ich als „Freiwilliger“ in das 2. Bataillon, 6. Kompanie, des 88sten Regiments ein. Mein Regiment gehörte zur 42. Infanteriebrigade (21. Division, 18. Armeekorps). Wie alle „Freiwilligen“ trat ich in das Reserveoffiziersausbildungskorps ein.

Sobald der Krieg erklärt war, wurde ich aufgrund meiner Französischkenntnisse als Dolmetscher eingesetzt und dem so genannten Stab meines Bataillons zugeteilt. Diesen Posten hatte ich während der ersten beiden Kriegsjahre inne und teilte die Geschicke des zweiten Bataillons bis zu dem Zeitpunkt, als ich wegen einer schweren Verwundung, die ich während des Angriffs auf Verdun am 23. Februar 1916 erlitt, in den Hilfsdienst versetzt wurde.

Vielleicht wird der Leser dieser einfachen Aufzeichnungen über den Feldzug manchmal versucht sein zu glauben, dass ich ein wenig übertrieben habe. Dennoch habe ich auf den folgenden Seiten nur von den Ereignissen berichtet, bei denen ich tatsächlich anwesend war und die ich mit meinen eigenen Augen gesehen habe. Im Übrigen bin ich sicher, dass die Erzählungen der Bewohner der eroberten Gebiete diese Memoiren später vollständig bestätigen werden.

I

MOBILISIERUNG

Unmittelbar nach der Ermordung des österreichischen Thronfolgers in Sarajewo war in ganz Deutschland eine fast unerträgliche Unruhe zu spüren. Viele sprachen davon, dass dieses Ereignis schwerwiegende Komplikationen nach sich ziehen könnte, in die Deutschland verwickelt werden könnte, und dass es sogar zu einem europäischen Krieg kommen könnte. Leider war unsere Besorgnis berechtigt. Tatsächlich wurden wir am 23. Juli 1914, genau an dem Tag, an dem das österreichische Ultimatum an Serbien geschickt wurde, durch einen Befehl des Generals, der das 18. Armeekorps befehligte, darüber informiert, dass die Manöver, auf die wir uns vorbereiteten, abgebrochen wurden und dass wir uns für einen allgemeinen Mobilisierungsbefehl bereithalten sollten. Vom 23. bis zum 30. Juli wurden alle Männer unseres Korps, die Urlaub hatten, zurückgerufen und aufgefordert, sich so schnell wie möglich bei ihren Regimentern einzufinden.

Am 30. Juli 1914 um 15 Uhr erhielt das 2. Bataillon den Befehl, die Brücken über den Main, die Eisenbahnlinien und die Zufahrten zu den Pulverwerken in Hanau am Main zu bewachen. Ich selbst erhielt den Auftrag, mit einer Abteilung von 24 Mann die große Eisenbahnbrücke über den Main zwischen Hanau und Klein-Steinheim zu bewachen.

Leutnant Merbach begleitete uns bis zur Brücke, um mir die nötigen Anweisungen zu geben. Ich bat ihn, mir den Gefallen zu tun, am Bahnhof nach meiner Mutter zu fragen, die ich an diesem Tag erwartete. Nachdem ich meine Wachen aufgestellt hatte, blieb mir nichts anderes übrig, als die vielen Züge mit Soldaten zu beobachten, die ständig über die Brücke fuhren. Meine Mutter erzählte Merbach, dass das 47. Artillerieregiment (11. Korps) bereits in feldgrau abgefahren sei. Jede Person, die die Brücke überquerte, musste zu mir gebracht werden, und ich hatte die Anweisung, sie alle sorgfältig zu befragen und nach Spionen Ausschau zu halten. Mehrere Offizierspatrouillen kamen vorbei, die mich ermahnten, genau zu beobachten und auf alles zu achten.

Um 4 Uhr morgens teilten uns die Soldaten, die uns den Kaffee brachten, mit, dass die Männer der fünften Kompanie bereits in feldgrauer Uniform seien. Ein Gardist namens Wagner aus Flesheim rief daraufhin aus:

„Nun, das ist mehr als ein Scherz, es sieht langsam ernst aus. Das bedeutet, dass der Kronprinz seinen Standpunkt durchgesetzt hat und der Kaiser die Kriegserklärung nicht aufschieben wird. Warum sollte ihn das interessieren? Seine sechs Jungs werden nicht unter Beschuss geraten; aber wir werden unsere Finger verbrennen müssen, um die Kastanien aus dem Feuer zu holen. Wir werden unsere Felle verkaufen, aber willst du mir nicht sagen, warum und für wen?“

Ich sagte ihm, er solle still sein, sonst müsse ich ihn bestrafen, aber er fuhr fort:

„Ach, kommen Sie! Herr, es gibt viele Soldaten und Unteroffiziere, die keinen Krieg wollen. Was mich betrifft, so bin ich ein Sozialist. . . .“

Ich sagte ihm erneut, er solle schweigen, sonst würde ich ihn auf der Stelle ins Gefängnis bringen lassen.

Als ich am nächsten Tag mit Merbach darüber sprach, sagte er mir, ich solle Wagner in keiner Weise bestrafen.

Um vier Uhr nachmittags wurden wir abgelöst.

Um zurück in die Kaserne zu gelangen, mussten wir an vielen Stellen durch eine begeisterte und aufgeregte Menge, die hauptsächlich aus Frauen bestand, durchbrechen. Die Leute schrien: „Es lebe die 88.!“ „Lang lebe der Kaiser!“ und sangen lauthals patriotische Lieder. In einigen Straßen war es unmöglich, voranzukommen. Die gesamte Bevölkerung von Hanau hatte sich auf den Weg gemacht. Vor allem vor der Kaserne herrschte eine riesige Menschenmenge. Jedes Mal, wenn ein Kurier auftauchte, stürzten sich die Zivilisten auf ihn und schrien: „Was haben Sie da? Ist der Krieg erklärt worden? Noch nicht? Wie schade!“ Es war ein Freudentaumel. Wo ist diese Freude jetzt geblieben?

Kaum waren wir in die Kaserne zurückgekehrt, versammelte unser Kompaniechef, Hauptmann Otto Gaup, uns alle, um zu uns zu sprechen. In den zehn Monaten, die ich in seiner Kompanie war, hatte ich ihn öfter betrunken als nüchtern gesehen. Manchmal waren wir gezwungen, ihn auf sein Pferd zu setzen, denn ohne Hilfe wäre er nicht in der Lage gewesen, aufzusteigen. Er sagte ungefähr Folgendes zu uns:

„Liebe Soldaten:

„Große historische Ereignisse sind im Gange. Bedrohliche Wolken beginnen den politischen Horizont zu verdunkeln. Was werden die Folgen des Attentats von Sarajewo sein? Unsere Feinde wagen es, uns herauszufordern und bedienen sich der Attentäter, um einen Vorwand für einen Krieg zu haben. Sie wollen ihn. Nun gut, sie sollen ihn bekommen. Komme was wolle, wir sind vorbereitet und werden wissen, wie wir sie empfangen können. Liebe Freunde, ich glaube nicht, dass ich persönlich das Glück haben werde, euch zum Sieg zu führen, aber ich bin sicher, dass ihr nicht nur den alten Ruhm Deutschlands unbefleckt bewahren werdet, sondern auch neue Lorbeeren mitbringen werdet. Vertrauen wir auf unseren Kaiser und unsere Regierung, auf unser Volk und vor allem auf uns selbst. Mit dieser Hoffnung bitte ich Sie, mit mir zu rufen: ‚Es lebe unser Kaiser und König!'

Daraufhin schüttelte er uns die Hand und ging. Ich hörte, wie Leutnant Dehes zu Leutnant Popp sagte: „Er muss wohl etwas zu viel getrunken haben, dass er so einen Unsinn redet."

Am 1. August gegen halb fünf kam eine Depesche im Hauptquartier an. Sobald der Kommandant Kuhl sie öffnete, rannte er aufgeregt in den Hof der Kaserne und rief:

„Soldaten, Männer und Frauen, Alte und Junge, hört zu, ihr alle. Seine Majestät der Kaiser hat die Mobilmachung für den 2. August angeordnet. Wir sind bereit, und da sie es wagen, unseren Frieden zu stören, werden wir diesen Räubern von jenseits des Rheins und diesen Mördern aus St. Petersburg, aus welchem Metall wir gemacht sind. Liebe Kameraden, es lebe unser Kaiser, für den wir freudig in den Krieg ziehen und für den wir bereit sind zu sterben." Daraufhin begann Hauptmann Raabe, Kommandeur der 5. Kompanie, mit Tränen in den Augen zu singen:

„Heil Dir im Siegerkranz". „Heil Dir, gekrönter Sieger" (Die deutsche Nationalhymne).

Sofort herrschte in der ganzen Kaserne eine bienenartige Betriebsamkeit. Jeder rannte von einem Ort zum anderen, ohne zu wissen warum. Bajonette wurden in die Waffenkammer gebracht, um geschliffen zu werden. Die Verwandten der Soldaten kamen in die Kaserne und die Soldaten gingen in die Stadt hinaus. Auf den Straßen wurde gesungen, und Zivilisten luden die Soldaten zu einem Drink ein und sagten ihnen: „Seht zu, dass ihr den Franzosen eine ordentliche Abreibung verpasst!" (Die Glocken läuteten mit vollem Klang. Und warum? Weil eine Nation auf die andere eifersüchtig war und weil es in Deutschland zu viele

Menschen und zu wenig Platz für sie gab. O Glocken, euer früherer süßer Klang war an diesem Abend wild; ihr rief nicht mehr die Christen, sondern die blutdürstigen wilden Tiere. Am 3. August wurde eine Nonne in der Nähe der Pulverfabrik verhaftet, weil sie verdächtigt wurde, eine Spionin zu sein, die mit der Sprengung der Fabrik beauftragt war. Heute ist sie Krankenschwester des Roten Kreuzes im St. Vinzenz-Krankenhaus in Hanau und kümmert sich um die Verwundeten.

Am Nachmittag des 5. August, als alle zur Abreise bereit waren, fand eine gründliche Inspektion der Ausrüstung statt. Major Kuhl übergab das Kommando des 2. Bataillons an Major Schmidt. Beide sprachen zu uns, und wir alle riefen: „Es lebe Seine Majestät, der Kaiser und der König“. Danach sangen alle im Chor „Deutschland über alles“ und „Die Wacht am Rhein“.

Dann wurde uns gesagt, dass wir um 2 Uhr nachts abfahren würden. Nun, da die Stunde der Abreise nahe war, begann der Mut mancher Angeber zu schwinden und einer düsteren Resignation Platz zu machen. Das Essen war an diesem Abend recht erträglich; einige Witzbolde nannten es einen Leichenschmaus. Ich ging in die Stadt, um ein wenig einzukaufen und mich von einigen Freunden zu verabschieden. Später versammelten wir uns zum letzten Mal bei Leutnant Popp von der 5. Kompanie und kehrten dann in die Kaserne zurück.

II

DIE ABREISE

In den Kasernen spielten die Soldaten Karten oder schrieben nach Hause, anstatt sich auszuruhen. Sie achten nicht auf die Offiziere und Unteroffiziere, die reinkommen und ihnen rieten, zu schlafen. Um Mitternacht ertönte der Weckruf und es wurde Kaffee serviert.

Außerdem herrschte den ganzen Abend über in der Stadt ein ziemlicher Lärm. Die Cafés und Restaurants waren voll mit Zivilisten und Soldaten, die sich nicht zum Abendappell gemeldet hatten.

Eine Menschenmenge umgab die Kaserne. Darunter sind viele Angehörige von Soldaten. Es war angeordnet worden, dass Zivilisten die Kaserne nicht betreten durften. Um aufwühlende Szenen und den Abschied von weinenden Müttern und Ehefrauen zu vermeiden, beschloss Major Schmidt, die Abmarschzeit vorzuverlegen, so dass das Bataillon um zehn Minuten nach eins zum Bahnhof aufbrach.

Die Musikkapelle der 3. Pioniere marschierte als erste. Die Leute, die nebenherliefen, sangen und schrien, so dass man meinen konnte, man sei von einer Horde Verrückter umgeben. Alle Fenster waren weit geöffnet und voller Männer und Frauen in ihren Nachthemden, die uns ihre guten

Wünsche zuriefen und uns Leckereien und Zigaretten zuwarfen.

Als wir am Bahnhof ankamen, wurden wir sofort in den Zug beordert, damit wir sofort und vollständig von der Menge abgeschnitten wurden und die Abschiedsszenen notwendigerweise kurz waren. Nur einige Offiziersfrauen hatten die Erlaubnis erhalten, auf dem Bahnsteig zu bleiben. Die Frau von Leutnant Eger wurde ohnmächtig, nachdem sie ihren Mann geküsst hatte. Während einige Damen sie in den Wartesaal trugen, suchte Eger, ohne irgendeine Regung zu zeigen, behutsam sein Abteil auf. Ich fand mich in einem Abteil mit den Leutnants Merbach und Popp wieder. Plötzlich begann letzterer zu weinen. Schließlich setzte sich der Zug in Bewegung und fuhr in die schwarze Nacht hinaus.

In Frankfurt warteten auf dem Bahnsteig Erfrischungen auf uns. Die Damen des Roten Kreuzes bedienten die Soldaten, die fast alle niedergeschlagen waren. Die Damen versuchten, ihre Lebensgeister zu wecken und sagten zu ihnen: „Habt Mut, Freunde, zeigt, dass ihr Männer seid, glücklich und stolz, euer Blut für den Kaiser und das deutsche Vaterland vergießen zu dürfen." Wahrscheinlich hatten diese Damen nichts zu tun, und da sie sich zu Hause langweilten, kamen sie zum Bahnhof, um sich die Zeit zu vertreiben. Sonst hätten sie nicht so einen Blödsinn geredet. Es ist sicher eine Ehre, für sein Land zu sterben, wenn es angegriffen wird. Aber waren wir angegriffen worden?

Man hatte uns befohlen, unsere Schultergurte abzunehmen, damit niemand erkennen konnte, zu welcher Einheit wir gehörten. Wenn wir auf den Bahnhöfen von Zivilisten gefragt wurden, woher wir kamen, antworteten wir: „Aus der Hölle“ oder „Vom Mond“.

Auf die Waggons wurden verschiedene Aufschriften gemalt, wie z. B.: „Paris Express“, „Nieder mit Frankreich!“ oder wieder „Weitere Kriegserklärungen erhalten“.

Am Morgen verließen Popp, Merbach, Löffelhardt und ich unser Abteil und begaben uns in einen mit Gepäck gefüllten Wagen, von dem aus wir in aller Ruhe die Landschaft überblicken konnten. Gegen sechs Uhr abends kamen wir schließlich in Zerf an, wo wir die Nacht verbrachten. Wir wurden von den Einwohnern kühl empfangen. Diese Leute waren einmal Franzosen gewesen und sie erinnerten sich daran. Hauptmann Ziekenrath, Merbach, Löffelhardt und ich wurden im Haus eines Bürgers einquartiert, der uns mitteilte, dass alle seine Betten von seiner Frau und seinen Töchtern belegt waren. Wir mussten uns mit etwas Stroh begnügen, das uns Merbachs Pfleger brachte. Er hatte es irgendwo gestohlen. Wir waren so müde, dass wir auf diesem Stroh fest schliefen, so fest, dass wir am nächsten Morgen zu spät zum Appell kamen. Am 7. August 1914 verließen wir Zerf. Unser Zug fuhr durch Irsh, Saarburg, Littdorf, Frissel, Nittel und Wellen, wo wir die Mosel und die luxemburgische Grenze überquerten. Alle Soldaten waren erschöpft, traurig und entmutigt.

III

LUXEMBURG

Es war etwa halb zwölf, als wir in Alingen ankamen. Sofort versammelte Major Schmidt den Stab des Bataillons, um uns seine Anweisungen zu geben, wie wir die Einwohner des Landes zu behandeln hätten. Diese Leute waren zwar mit der deutschen Sprache bestens vertraut, gaben aber vor, kein Wort zu verstehen und bestanden darauf, französisch zu sprechen. Der Stab des 2. Bataillons der 88. Infanterie bestand aus Major Schmidt, Leutnant Wunderlich, dem Adjutanten des Feldlagers, Dr. Schäfer, dem Chef des Sanitätsstabes, Dr. Wolliewiz, Leutnant Merbach, Hauptfeldwebel Hauser, Löffelhardt und mir.

Als Dolmetscher hatte ich den Auftrag, den Einwohnern mitzuteilen, dass es für sie von großem Vorteil wäre, die Soldaten willkommen zu heißen und alles zu tun, um Streitigkeiten zu vermeiden. Merbach, Löffelhardt und ich wurden bei einer Frau einquartiert, deren Bruder Paris am 4. August 1914 verlassen hatte. Sie erzählte uns, dass alle in Paris den Kronprinzen beschuldigten, den Krieg begonnen zu haben. Merbach antwortete, dass er nur einer von vielen Schuldigen sei. Diese Frau gab uns ein ausgezeichnetes Abendessen. Am Nachmittag untersuchte der Arzt die Füße der Männer, weil einige von ihnen über Schmerzen geklagt hatten.

Um fünf Uhr versammelte sich das ganze Bataillon auf der Straße von Alingen nach Mensdorf. Oberst Puder, der Kommandeur des 88. Bataillons, begrüßte uns und sprach zu uns. Dann machten wir uns, angeführt von einer Musikkapelle, auf den Weg nach Luxemburg, wo wir am Mittag des achten Tages ankamen. Die Einheimischen, die uns vorbeiziehen sahen, zeigten ausnahmslos nur Feindseligkeit. Merbach, Löffelhardt und ich gingen voraus, um den Leuten zu befehlen, Eimer mit Wasser vor ihre Häuser zu stellen, damit die Soldaten, deren Kehlen von der Hitze ausgedörrt waren, etwas zu trinken bekamen.

Das Bataillon machte Halt in Esch, fünf Kilometer von der Hauptstadt Luxemburgs entfernt. Die Männer wurden in Scheunen untergebracht, die Offiziere bei den Einwohnern.

Merbach und ich wurden einem Pfarrer zugeteilt, der uns sehr schlecht empfing und uns mitteilte, dass er uns nur ein Einzelbett geben könne. Merbach entgegnete ernsthaft, dass zwei junge Männer unmöglich in einem Bett schlafen könnten, schon gar nicht im Haus eines katholischen Priesters. „Welcher Religion gehören Sie an?“, fragte der Priester. „Ich bin katholisch“, antwortete Merbach, obwohl er eigentlich Protestant war.

Merbach und ich erhielten den Befehl, sofort nach Luxemburg zu fahren, um Zigaretten und verschiedene Dinge für das Bataillon zu kaufen. In dem Tabakladen standen zwei Damen hinter dem Tresen, als wir eintraten. Merbach sagte ihnen auf Deutsch, dass wir Zigaretten wollten und dass wir dafür bezahlen würden. Die Damen taten so, als ob sie nicht verstehen würden, und eine von ihnen sagte auf Französisch:

„Meine Herren, wenn Sie Franzosen wären, würde ich Ihnen alles geben, was Sie wünschen, und zwar umsonst. Aber wir können den Anblick von ‚Sauerkrauts' nicht ertragen. „Madame", antwortete ich auf Französisch, „seien Sie vorsichtig mit dem, was Sie sagen und wen Sie so ansprechen. Eines Tages könnten Ihre Worte auf unangenehme Weise zu Ihnen zurückkommen." Daraufhin war sie sehr erschrocken und verlegen, denn sie hatte nicht geglaubt, dass wir Französisch verstehen könnten.

Ich beruhigte sie und sagte, dass ich sie nicht verraten würde. Daraufhin beschloss sie, Deutsch zu sprechen, sehr zur Zufriedenheit von Oberstabsfeldwebel Vetter, der nun die Käufe tätigen konnte, von denen er sich einen Profit erhoffte. Dieser Betrüger verkaufte die Waren in Wirklichkeit für viel mehr, als er für sie bezahlt hatte, an die Männer weiter. Seine Diebstähle nahmen so große Ausmaße an, dass Major Schmidt gezwungen war, ihn zu entfernen. Später wurde er im ersten Gefecht des Bataillons getötet.

Unmittelbar nach seiner Rückkehr ins Quartier lud uns Major Schmidt zum Kaffee ein, und dann hatten wir Zeit für uns.

Unser Pfarrer empfing uns dieses Mal etwas herzlicher. Wir aßen mit ihm zu Abend. Das Essen war so gut, dass ich Merbachs Wortspielereien nicht die geringste Beachtung schenkte.

Am nächsten Tag erhielten Merbach, Löffelhardt und ich den Auftrag, die Wagen des Bataillons sorgfältig zu inspizieren. Während wir damit beschäftigt waren, verbrachten die anderen Offiziere ihre Zeit in den Cafés, tranken und spielten Karten.

Um sieben Uhr erhielten wir den folgenden Befehl: „Das 2. Bataillon der 88. Infanterie wird von Luxemburg nach Arlon vorrücken und herausfinden, ob die Stadt noch vom Feind besetzt ist oder nicht. Eine halbe Abteilung der 6. Ulanen wird das 2. Bataillon ergänzen. Patrouillen, die von Offizieren und Unteroffizieren befehligt werden, werden die Lage auskundschaften.

Der Zufall wollte es, dass wir drei, Merbach, Löffelhardt und ich, vom Befehlshaber erneut ausgewählt wurden, um eine Erkundung durchzuführen. Unsere Herzen schlugen ein wenig schneller, aber wir konnten nicht widersprechen, denn, wie man sagt, sind Befehle heilig. Bald kamen wir in der Stadt an. Die Einwohner, die ich befragte, erzählten uns, dass die belgischen Soldaten Arlon gerade verlassen hatten, vor knapp zwei Stunden. Die Stadt schien ruhig zu sein, also kehrten wir zum Bataillon zurück, wo uns Major

Schmidt befahl, uns bei Baron von Schenk, General der Infanterie und Befehlshaber des Armeekorps, zu melden. Er befand sich zu diesem Zeitpunkt in Luxemburg. Der General ließ eine Kopie unseres Berichts von seinem Hauptadjutanten, Major Martens, anfertigen.

Gegen zehn Uhr zog das Bataillon, angeführt von einer Musikkapelle, in Arlon ein. Es wurden alle Vorkehrungen getroffen, um einen Angriff abzuwehren. Arlon wurde von unserem Bataillon, einer Kompanie Maschinengewehrschützen, die ihre geladenen Geschütze mitten in der Stadt aufstellten, den 6. Ulanen und einer Batterie der 63. Die 5. Kompanie nahm die Kaserne der Stadt in Besitz; die drei anderen Kompanien wurden an verschiedenen Orten einquartiert. Brigadegeneral von der Esch und der Stabschef der 42. Brigade wohnten im Hotel Continental. Alle Offiziere und Unteroffiziere mussten bei den Männern in den Quartieren wohnen.

Aber Major Schmidt gab Merbach, Löffelhardt und mir die Erlaubnis, in der Stadt im Haus des stellvertretenden Majors zu wohnen. Dort blieben wir bis zu unserer Abreise.

IV

ARLON

Als wir in Arlon ankamen, standen alle Einwohner, wahrscheinlich aus Neugier, an ihren Fenstern oder Türen. Musikkapellen spielten und die Soldaten sangen. Der Bürgermeister von Arlon, ein Rechtsanwalt, wurde als Geisel genommen und im Rathaus unter bewaffnete Bewachung gestellt. Die folgende Proklamation wurde herausgegeben:

„An die Bürger von Arlon!“

Ich lasse die folgende Proklamation veröffentlichen und hoffe, dass alle ihre Befehle beherzigen werden.

„Die Stadt Arlon ist von deutschen Truppen besetzt. Jeder hat sich dem Willen des Eroberers zu unterwerfen. Jede Zuwiderhandlung gegen die folgenden Befehle wird streng bestraft.

„1) Die Einwohner müssen die Soldaten willkommen heißen und sie höflich behandeln;

„2) Alle Waffen und Munition müssen so schnell wie möglich zum Rathaus gebracht werden;

„3) Das Versammeln von mehr als drei Personen auf der Straße ist verboten;

„4. Die Einwohner müssen von 19 Uhr abends bis 7 Uhr morgens in ihren Häusern bleiben.

„5. Ab 20 Uhr darf in den Häusern kein Licht mehr sein. Die Feuer müssen zur gleichen Zeit gelöscht werden und es darf kein Rauch zu sehen sein;

„6. Jede Person, die Kenntnis von den Bewegungen des Feindes hat, wird aufgefordert, unter Androhung schwerer Strafen alle Informationen sofort zu melden;

„7. Ich habe den Bürgermeister von Arlon als Geisel genommen. Er wird freigelassen, sobald die Bevölkerung meinen Befehlen Folge geleistet hat und sobald andere Garantien gegeben worden sind.

„Arlon, 10. August 1914."
„VON DER ESCH, „Brigadegeneral".

Zur Bekanntgabe dieser Proklamation wurde ein Sonderkommando befohlen. Sie bestand aus Leutnant Popp, begleitet von zwei Unteroffizieren, zwei Trommlern, zwei Trompetern und acht Mann mit aufgepflanzten Bajonetten.

Ich wurde ausgewählt, die Proklamation zu verlesen. An jeder Straßenecke wurden die Trommeln geschlagen und die Zivilisten versammelten sich, um die Verlesung der Befehle von General von der Esch zu hören. Ich musste ihn mindestens dreißig Mal verlesen, bevor ich in das Haus zurückkehren konnte, in dem ich mit Merbach und Löffelhardt wohnte.

Kaum waren wir zurückgekehrt, schickte Major Schmidt nach uns, um uns aufzufordern, in die Stadt zu gehen und bei den Bäckern und Metzgern etwas Brot und

Fleisch zu besorgen. In den Straßen sahen wir viele Soldaten, die sich mit den Einwohnern mit Hilfe von Schildern unterhielten, was recht amüsant war.

In mehreren Geschäften erzählten sie uns, dass die Soldaten Dinge gewaltsam an sich genommen hätten, ohne dafür zu bezahlen, und dass sie die Besitzer beleidigt hätten. Merbach beruhigte diese Leute, indem er ihnen Gutscheine gab. In einem Tabakladen hatte ein Soldat auf diese Weise Zigaretten im Wert von achtzig Franken für seinen Hauptmann gestohlen und war nie zurückgekommen, um sie zu bezahlen. Der Gefreite Bessler von der 6. Kompanie war in ein Juweliergeschäft gegangen - angeblich, um Schmuck zu kaufen. Er stopfte alles, was die Frau ihm zeigte, in seine Taschen und wollte gerade mit seiner Beute abhauen, als wir auftauchten. Merbach hielt ihm die Ohren zu und zwang ihn, die gestohlenen Juwelen zurückzugeben.

Gegen halb neun, als Merbach, der zu Major Schmidt zurückkehrte, am Polizeipräsidium vorbeikam, wurde ein Revolver auf ihn abgefeuert. Er wurde nicht verwundet. In diesem Moment stand ein Polizist vor der Tür. Er wurde sofort verhaftet und es wurde eilig ein Kriegsrat organisiert. Er setzte sich aus folgenden Mitgliedern zusammen:

Major Schmidt, Vorsitzender, Oberleutnant Bertram, Staatsanwalt, Oberleutnant Eger, Verteidiger, Brigadegeneral von der Esch, ein Hauptmann der 63. Artillerie, Oberleutnant Kaufmann von den 6.

Ich war der Dolmetscher. Der Angeklagte war Louis Empereur, ein Polizist der Stadt Arlon, verheiratet und Vater von vier Kindern. Er hatte bisher eine absolut einwandfreie Akte bei den deutschen Militärbehörden. Vor der Eröffnung der Sitzung hatte ich Gelegenheit, einige Worte mit ihm zu wechseln: Ich sagte ihm, dass er einen guten Vorsitzenden habe, und ich riet ihm, an seine Frau und seine Kinder zu denken und vorsichtig zu sein mit dem, was er sage. Er antwortete mir, dass er wisse, was er zu tun habe, und dass ich mir keine Sorgen um ihn machen müsse. Die Sitzung begann und Leutnant Bertram hielt seine Ansprache. Empereur wurde angeklagt wegen:

1. Auf den preußischen Leutnant Merbach geschossen zu haben, ohne ihn zu verwunden;

2. Den Befehlen der Proklamation des Brigadegenerals nicht gehorcht zu haben, die den Einwohnern befahl, ihre Waffen abzugeben und ins Rathaus zu tragen.

Da der Angeklagte seine Tat nicht zu bereuen schien, forderte der Staatsanwalt den Kriegsrat auf, an ihm ein Exempel zu statuieren und die Todesstrafe zu verhängen.

Leutnant Eger, der Verteidiger, plädierte für Empereur und begründete dies damit, dass bei ihm keine Waffen gefunden wurden. Doch der Angeklagte schrie auf: „Ja, ich war es, der geschossen hat, und ich bedaure nur eines: dass es mir nicht gelungen ist, einen Deutschen zu töten!“

Nach diesem Bekenntnis konnte er nur noch verurteilt werden. Er wurde um 2 Uhr nachmittags hingerichtet.

Um vier Uhr schoss jemand auf eine Patrouille der 6. Ulanen, aber wieder ohne jemanden zu verletzen. Der Schuss kam aus einem Fenster eines unordentlichen Hauses, vor dem die Patrouille vorbeikam. Sofort stiegen die Ulanen ab und gingen, unterstützt von einigen Fußsoldaten der 8. Kompanie unseres Bataillons, in das Haus, wo sie begannen, die Frauen zu misshandeln und alles zu plündern. Nachdem sie alles gestohlen hatten, was sie tragen konnten, verhafteten sie zwei Männer und zwei Frauen, die sich im Haus befanden, und führten sie dem General vor. Nach einem summarischen Verhör wurden die Männer freigelassen, nachdem die Mädchen sie für unschuldig erklärt hatten, da sie selbst an den Ulanen geblutet hätten. Sie wurden sofort ohne einen Kriegsrat hingerichtet. Dann wurde das Haus der Plünderung übergeben. Alles, was die Soldaten nicht mitnehmen konnten, wurde zerbrochen oder aus den Fenstern geworfen. Die Offiziere amüsierten sich sehr über die Soldaten, die über ihre Uniformen Frauenhemden gezogen hatten und in dieser Kleidung durch die Straßen liefen.

Am 12. August fuhr ich mit Merbach, Löffelhardt und zwei Männern mit dem Auto los, um im Schloss von B... zu rekognoszieren. Wir hatten den Auftrag, Fotos zu machen und uns zu vergewissern, von welcher Seite ein künftiger Angriff kommen könnte. Wir hatten in Arlon sechs Automobile beschlagnahmt. Löffelhardt, der ein guter Chauffeur war, fuhr sie. Die deutschen Wachtposten außerhalb von Arlon hatten so sorgfältige Vorsichtsmaßnahmen getroffen und so viele Gräben über die in die Stadt führenden Straßen gegraben, dass wir mehr als eine Stunde brauchten, um die Stadt zu durchqueren.

Das Schloss von B… lag inmitten eines großen und schönen Parks. Als wir ankamen, kam uns der Verwalter entgegen. Er führte uns in sein eigenes Haus, wo seine sechzehn- oder siebzehnjährige Tochter uns anflehte, ihn zu verschonen. Wir sagten ihr, sie solle keine Angst haben, denn wir würden keinen Krieg gegen Zivilisten führen. Ihre Mutter lag krank im Bett.

Nachdem wir das Schloss besichtigt und uns einige Waffen angeeignet hatten, gingen wir in die Keller hinunter, die mit Wein und allerlei Vorräten gefüllt waren. Merbach, der nichts ohne den Befehl des Majors mitnehmen wollte, versiegelte alle Türen und gab dem Hausmeister ein Papier, das jedem verbot, etwas aus dem Schloss mitzunehmen.

Sobald wir zurückkamen, meldeten wir uns bei General von der Esch und teilten ihm mit, dass wir den Feind nicht gesehen hätten. Er gab uns die Erlaubnis, sofort zum Schloss zurückzukehren und alle gewünschten Weine und Vorräte mitzubringen. Der Tambourmajor begleitete uns, um uns im Notfall zu helfen.

Da wir alle Schlüssel mitgenommen hatten, war es für uns ein Leichtes, das Schloss wieder zu betreten. Ich machte mich sofort auf die Suche nach dem Verwalter, war aber sehr überrascht, sein Haus leer und in einem furchtbaren Durcheinander vorzufinden. Ein Arbeiter, der vorbeikam, erzählte uns, was während unserer Abwesenheit geschehen war. Vier deutsche Soldaten der 42. Brigade waren in das Haus des Hausmeisters eingedrungen und hatten, nachdem sie die Bewohner misshandelt hatten, die sich in Angst und Schrecken wandten, das Haus geplündert und sich damit vergnügt, alles zu zerschlagen, was sie nicht mitnehmen konnten. Ich fragte diesen Mann, ob er wisse, was diese Schurken dem jungen Mädchen angetan hätten, aber er konnte mir keine Auskunft darüber geben.

Wir gingen dann in das Schloss und ließen den Inhalt der Keller auf Karren und Wagen verladen, die zum Ort gehörten und die wir in der Remise fanden. Wir nahmen auch alle Pferde aus den Ställen mit. Währenddessen stopfte Merbach in der ersten Etage eine große Truhe mit Wäsche voll. Die Unteroffiziere, Lurch und Loser, brachen die Schubladen auf und nahmen alle Juwelen und Wertgegenstände mit, die sie finden konnten. Viele davon verschenkten sie an ihre Freunde. Im September 1916 trug Zahlmeister Herbert vom 2. Bataillon immer noch einen Armreif, den er zu dieser Zeit bekommen hatte. Wir nahmen auch alle Sättel und Geschirre aus den Ställen mit. Dann begann die Expedition nach Arlon. Major Schmidt beglückwünschte uns und sagte, wir hätten seine Erwartungen übertroffen.

Bis zum 17. August führten wir in Arlon und Luxemburg ein recht angenehmes Leben. Fast jeden Tag fuhren Merbach, Löffelhardt und ich mit dem Auto los, um die Gegend zu erkunden. Aber Merbach brachte uns immer nach Luxemburg, wo wir unsere Zeit verbrachten. Bei unserer Rückkehr präsentierten wir irgendeine Skizze von einer Stelle, die wir nie betreten hatten, und sagten, wir hätten keine Spur des Feindes gesehen. Und General von der Esch war erfreut, solche Soldaten zu haben.

Am 17. August 1914 wurde uns befohlen, Arlon zu verlassen, was die Soldaten nicht besonders erfreute, denn sie wären lieber dortgeblieben und hätten gegessen, getrunken und geraucht, was die Bewohner des Landes gestohlen hatten.

V

LENGLIER

Wir rückten zwei Tage lang vor, kundschafteten rechts und links aus, um einen Überraschungsangriff zu vermeiden.

Schließlich, am 20. August 1914, begann für uns der Krieg ernsthaft. Es war unser erstes ernsthaftes Gefecht, und es zeigte mir, wie ein so sanftmütiger Mensch wie mein Freund Merbach in der Aufregung der Schlacht plötzlich wild werden konnte.

Es war etwa 6 Uhr morgens und wir hatten gerade Tintage verlassen, wo wir einquartiert waren. Wir marschierten die Straße entlang, die von Martelange nach Neufchateau führt, und trafen dabei alle für unsere Sicherheit notwendigen Vorkehrungen. Unser Bataillon war an der Spitze. Hinter uns folgten das 1. und 5. Bataillon der 87er Infanterie. Die 80. Füsiliere und die 81. Infanterie befinden sich zu unserer Linken.

Gegen 13 Uhr meldete uns eine Patrouille aus Lenglier, dass wir gefahrlos vorrücken könnten, da dieser Ort nicht vom Feind besetzt sei. Nachdem wir eine Suppe gegessen hatten, die von der Feldküche zubereitet worden war, setzten wir unseren Marsch fort. Plötzlich hörten wir rechts von uns ein ungewohntes, für uns völlig neues Geräusch. Wir wussten sofort, was es war: eine Granate. Mehrere schlugen ganz in unserer Nähe ein. Major Schmidt gab sofort den folgenden Befehl:

„Die 5., 6. und 7. Kompanie rücken in Gefechtslinie vor und suchen Schutz hinter dem Hügel, der vor ihnen liegt. Die 8. Kompanie bleibt als Reserve zurück."

Alle Offiziere marschierten mit dem Schwert in der Hand vor ihren Männern her, wie bei einer Parade.

Die Franzosen und Belgier zielten sehr gut und wurden leider von unserer eigenen 27. Artillerie unterstützt, die auf uns schoss. Nachdem sie von der 87. Infanterie verstärkt worden waren, befahl Oberst Puder den Angriff.

Wir konnten nun mit eigenen Augen sehen, was Krieg, den wir nur aus Büchern kannten, wirklich ist. Männer, die von einer Kugel getroffen wurden, hoben die Arme, drehten sich um und fielen, tot oder verwundet. Überall hörte man Schmerzensschreie und Stöhnen, das sich mit dem Zischen von Kugeln und Granaten, dem Hurra der Soldaten und den Kommandos der Offiziere vermischte.

Hauptmann Dunker wurde zweimal verwundet und starb noch am selben Abend. Leutnant Eger, der an der Hand verwundet wurde, fiel bald darauf in Ohnmacht. Die 8. Kompanie, die bis jetzt in Reserve gehalten wurde, rückte ihrerseits links von der 5.

Plötzlich begann das Dorf Lenglier zu brennen, und die

beiden letztgenannten Kompanien erhielten den Befehl, es in Besitz zu nehmen. Der Stab des 2. Bataillons, zu dem ich gehörte, befand sich nun auf dem rechten Flügel der 2. Leutnant Brunn, ein von allen seinen Soldaten sehr geschätzter Offizier, fiel, als er gerade einen Befehl gab, durch einen Stich ins Herz. Der Unteroffizier Steinbach fiel zur gleichen Zeit.

Endlich erreichten wir Lenglier, das einen traurigen Anblick bot. Überall brannten Häuser, die Straßen waren mit den Leichen von Soldaten und Pferden übersät. Ein belgischer Offizier lag auf einem Balken, der noch brannte. Sein Körper war halb verbrannt und sein entstelltes Gesicht drückte einen schrecklichen Schmerz aus. Dieser unglückliche Mann war verwundet dorthin gefallen und musste langsam bei lebendigem Leib verbrannt sein.

Merbach und ich befanden uns mit unseren Sanitätern gerade an einem Telefonposten im Depot. Plötzlich hörten wir die Schreie von Frauen und Kindern. Als wir auf die Straße gingen, sahen wir eine Gruppe von Zivilisten, bestehend aus vier Männern, zwei Frauen und fünf Kindern, inmitten eines Trupps von Offizieren und Soldaten. Die Soldaten traten diese unglücklichen Menschen und schlugen sie mit ihren Gewehrkolben. Die Soldaten beschuldigten sie, Oberst von Kriestein, den Kommandeur der 87. Infanterie, der gerade verwundet worden war, angegriffen zu haben. Er starb kurz darauf in Deutschland. Ihre Schuld konnte nicht bewiesen werden, da französische, belgische und deutsche Kugeln in alle Richtungen zischten. Merbach nahm diese unglücklichen Menschen unter seinen Schutz. In einem anderen Haus in der Nähe wurde eine Frau, die ein kleines Kind auf dem Arm hielt, im Beisein ihres Mannes durch einen Musketenschuss getötet. Er wurde später von einem Soldaten der 87. mit einem Bajonett niedergestochen. Ich weiß nicht, was aus dem Kind geworden ist.

Vor dem Bahnhof befahl ein junger Leutnant des 87. einem Unteroffizier und zwei Männern, sich zum Hotel zu begeben, unter dem Vorwand, dass von dort aus auf von Kriestein geschossen worden sein könnte. Die drei Männer betraten zunächst die Hotelkeller in der Hoffnung, Wein zu finden. Sie fanden ihn zwar, aber sie begannen sofort zu streiten, weil der Unteroffizier den ganzen Champagner für sich behalten wollte. Also wurde ein Mann der 88. auserkoren, das Hotel in Brand zu setzen, was er auch tat, Tür für Tür. Viele Häuser wurden auf diese Weise zerstört.

Gegen sechs Uhr wurden Merbach und ich losgeschickt, um den Zahlmeister zu suchen, damit die Verpflegung verteilt werden konnte. Wir folgten einem kleinen Pfad zwischen zwei Hügeln rechts des Bahnhofs. Bald trafen wir auf eine Gruppe deutscher Soldaten, in deren Mitte sich ein schwer verwundeter französischer Leutnant befand. Als er uns sah, sagte dieser Leutnant auf Deutsch: „Meine Herren, ich bitte Sie, mich von diesen wilden Bestien zu befreien." Der arme Mann hatte eine Kugel im Unterleib und schien sehr zu leiden. Merbach wurde plötzlich sehr erregt und antwortete brutal: „Passen Sie auf, was Sie sagen, und reden Sie nicht so über tapfere Soldaten, die darum kämpfen, die Welt von den dreckigen Franzosen zu befreien. So sicher wie ich hier stehe, werde ich dich nicht verlassen, bis du vor meinen Augen gestorben bist." „Leutnant Merbach", sagte Zahlmeister Herbert, der gerade zu uns gestoßen war, „denken Sie daran, dass er ein Offizier ist wie Sie und dass er verwundet ist." Aber Merbach wollte auf nichts hören und schickte uns weg. Er blieb allein mit dem Sterbenden.

Ich berichtete Major Schmidt von dieser Angelegenheit und er befahl Merbach, das Kommando über die 8. Kompanie zu übernehmen, deren Hauptmann Zieckenrath verwundet worden war. Zwei Tage später, in der Schlacht von Bertrix, wurde Merbach von einem französischen Soldaten getötet, der ihm einen Musketenstoß auf den Kopf versetzte. Er war einer meiner besten Freunde.

In der Schlacht von Lenglier verlor das 2. Bataillon fünf Offiziere und sechzig Mann.

Die Nacht brach herein und wir legten uns inmitten der Toten und Verwundeten nieder, deren Schreie wir überall um uns herum hörten. Unser Lager befand sich an einem Ort etwa zwei Kilometer östlich von Lenglier, das die ganze Nacht hindurch brannte.

Für die meisten von uns war es unmöglich, sich auszuruhen, weil wir alle entnervt waren. Viele Soldaten dankten

Gott, dass er sie beschützt hatte. Andere brüsteten sich damit, viele Belgier und Franzosen getötet zu haben. Wann immer wir vor lauter Müdigkeit ein wenig zu dösen begannen, wurden wir von Albträumen oder Granaten unsanft geweckt.

Bei Tagesanbruch ging es weiter. Acht Stunden lang marschierten wir um Neufchateau herum, wo eine Schlacht stattgefunden zu haben schien, und dann wurden wir angewiesen, in Bercheux zu biwakieren.

Uns gegenüber stand die 87. französische Infanterie, unterstützt von einer Kompanie belgischer Radfahrer.

VI

BERTRIX

Am 22. August ertönt der Weckruf um fünf Uhr morgens. Wir marschierten um sieben Uhr los und folgten der Straße links von Lenglier. Nachdem wir Tournay-en-Ardennes durchquert hatten, kamen wir in den Wald von Huquant, wo wir uns einen Moment ausruhten. Fast alle Einwohner des Dorfes waren überstürzt geflohen und hatten ihre Häuser unversehrt den Deutschen überlassen, die alles plünderten, zerstörten und ausraubten. Die Soldaten warfen zu ihrer eigenen Belustigung Möbel und Geschirr aus den Fenstern. Schmidt sagte zwar von Zeit zu Zeit, dass er jeden töten würde, der in die Häuser eindringe, aber die Soldaten taten, was sie wollten, und gehorchten weder Schmidt noch sonst jemandem.

Um elf Uhr in der Nähe des Waldes von Luchy, auf dem Weg von Bertrix nach Recogne, erhielten wir zum letzten Mal Verpflegung für zwei Tage. Gegen zwei Uhr ging ein Befehl des Armeekorps ein. Wir sollten sofort angreifen, da der Feind sich in großer Zahl anschickte, uns den Weg zu versperren und vielleicht zu versuchen, uns zurückzutreiben. Zwei unserer Kompanien rückten auf der linken Seite der Straße vor und zwei auf der rechten. Auf der rechten Seite wurden wir vom 1. Bataillon und auf der linken Seite von den 80ten Füsiliers unterstützt.

Die 7. Kompanie erhielt den Befehl, sich am Rande des Waldes in einer Gefechtslinie aufzustellen und den Angriff zu eröffnen. Der erste, der fiel, war Oberleutnant Bertram. Er fiel, getroffen von der Kugel eines deutschen Soldaten namens Schleisinger, den der Leutnant vor dem Krieg mit drei Tagen Gefangenschaft bestraft hatte und der sich rächen wollte, was er auch gegenüber seinen Kameraden zum Ausdruck gebracht hatte. Seine Kugel machte ein kleines Loch in Bertrams Nacken. Dieser Schleisinger blieb nicht nur ungestraft, sondern erhielt kurze Zeit später das Eiserne Kreuz für Tapferkeit. Er starb im Krankenhaus von Nesle an den Folgen seiner Verletzungen, die er im Kampf erlitten hatte. Die Schlacht von Bertrix war eine der wichtigsten, an der unser Bataillon teilnahm. Die Franzosen hatten eine günstige Stellung eingenommen und versuchten alles, um unseren Vormarsch zu verhindern. Um nicht zurückgedrängt zu werden, mussten wir alle unsere Reserven opfern. Die Kämpfe waren verzweifelt und beide Seiten waren gleich tapfer. Die französische Artillerie und die Maschinengewehrschützen zielten sehr gut und fügten uns große Verluste zu. Viele Soldaten fielen, tot oder verwundet, und es war unmöglich, jemandem Hilfe zu bringen, denn jeder von uns hatte genug damit zu tun, sich vor Kugeln und Granaten zu schützen. Einmal dachten wir, dass alles verloren sei und wir uns zurückziehen müssten, als plötzlich das 3. Artillerieregiment der Festung Mayence durch den Wald brach und auf dem Feld ankam. Kaum waren die Pferde aus den schützenden Bäumen gekommen, stürzten sie, überwältigt von der französischen Salve. Offiziere und Soldaten machten sich an die Arbeit, die Geschütze zu schleppen und die Räder zu schieben, um die Front so schnell wie möglich öffnen zu können. Viele kamen dabei ums Leben. Endlich war die 3. Artillerie bereit zu schießen, und unsere Sache wendete sich zum Guten. Einigen Soldaten der 5. und 8. Kompanie gelang es, in den Besitz von Geschützen der 18. französischen Artillerie zu gelangen. Die Franzosen verteidigten ihre Geschütze mit dem Revolver in der Hand und starben tapfer für ihr Land. Dann jubelten die Preußen. Die Franzosen, die einen Teil ihrer Artillerie verloren und einen ihrer Flieger verloren hatten, begannen sich langsam zurückzuziehen und leisteten weniger Widerstand. Die Schlacht war für diesen Tag beendet und die letzten Sonnenstrahlen beleuchteten düster das mit Verwundeten und Sterbenden übersäte Feld. Am nächsten Morgen, dem 23. August, begann der Kampf erneut, aber weniger heftig als am Tag zuvor. Wir blieben in Gefechtsstellung und rückten weiter vor, wobei wir Bertrix auf der linken Seite ließen. Die Soldaten waren hungrig, und viele von ihnen öffneten die Rucksäcke der toten Franzosen und Deutschen, um etwas zu essen zu finden. Bertrix brannte und wir rückten durch ein Feld mit ungemähtem Getreide vor. Die Nacht verbrachten wir zwischen Fontenoille und Chassepierre an der französischen Grenze. Am nächsten Tag kam es um acht Uhr zu unserer ersten Schlacht auf französischem Boden, in der Nähe von Matton und in Matton selbst.

VII.

MATTON

Am Morgen des 24. August marschierte unser Bataillon wieder an der Spitze der Linie. Das gefiel Major Schmidt und den Soldaten überhaupt nicht, denn wir hatten bereits mehr Männer verloren als alle anderen Bataillone. Aber Schmidt war der jüngste Kommandeur und er musste gehorchen.

Die Franzosen, die sich langsam zurückzogen, waren in den Wäldern bei Matton in die Defensive gegangen. Wir griffen sie an und besetzten kurze Zeit später ihre Stellungen. Da wir keine Befehle hatten, blieben wir in den Schützengräben. Die Feldküchen, die zwei Kilometer hinter uns lagen, warteten darauf, uns eine warme Mahlzeit zu geben. Die Männer waren satt und hatten die Strapazen der vergangenen Tage bereits vergessen. Doch ihre Freude war nur von kurzer Dauer. Die Franzosen hatten nämlich gerade einen Gegenangriff gestartet und die 80. zurückgedrängt, die die von uns eingenommenen Stellungen verloren. Der Befehlshaber des Armeekorps, Baron von Schenk, befahl Schmidt, sobald er davon erfuhr, sofort anzugreifen. Schmidt antwortete:

„Exzellenz, mein Bataillon hat mehr Männer verloren als alle anderen zusammen. Meine Männer haben gekämpft wie Löwen. Sie haben seit drei Tagen fast nichts mehr zu essen und halten es nicht mehr aus.

„Was ist das? Schämst du dich nicht?“, sagte Schenk. „Ihr werdet sofort angreifen und die Rucksäcke bleiben hier.“

Schmidt ergriff mit Tränen in den Augen die Bataillonsstandarte und stellte sich an die Spitze seiner Männer. Er suchte den Tod. Durch diesen Vorfall wurde Schmidt bei allen Soldaten beliebt. Andererseits war er bei seinen Vorgesetzten nicht sehr beliebt und reichte schließlich im April 1915 seinen Rücktritt ein.

Unsere Artillerie, die an diesem Tag gute Arbeit geleistet hatte, half uns bei der Einnahme von Matton, das bereits völlig zerstört war und von dem nur noch einige Häuser standen. Als die 80. zur Ablösung kam, tauschten die Soldaten Musketenhiebe und Tritte aus. Unsere Männer nannten sie Feiglinge und Soldaten in voller Montur. Unsere Offiziere sagten nichts, sondern spuckten auf den Boden, um ihre Abscheu vor ihren Kameraden der 80. auszudrücken.

Wir mussten etwa zwölf Kilometer gehen, um unsere Rucksäcke zu holen, und gegen 20 Uhr bezogen wir unser Quartier in mehr oder weniger zerstörten Häusern.

Die Soldaten machten alles kaputt, was noch ganz war. Sie machten aus Möbeln und Brettern, die sie aus den Böden gerissen hatten, Hütten. Sie fanden eine Menge Wäsche, vor allem Unterwäsche von Frauen. Viele Männer warfen ihre Hemden beiseite und zogen Frauenunterhemden an, die ihnen bei der Hitze viel angenehmer waren. Niemand konnte ihnen etwas verbieten, denn die meisten von ihnen waren betrunken und wollten nicht gehorchen. Sie zankten sich vor den Kellereingängen und hatten nur eine Angst: dass sie etwas Wein für andere übriglassen könnten. Oft vergaßen sie in ihrer Eile, die Wasserhähne aufzudrehen, so dass die Keller mit Wein überflutet wurden. Außerdem waren viele Offiziere, vor allem die Reserveoffiziere, die ersten, die ein schlechtes Beispiel gaben.

Ich wohnte mit Major Schmidt und seinem gesamten Stab im Haus eines pensionierten französischen Hauptmanns, das noch intakt war. Er sagte zu Schmidt, er könne nicht verstehen, wie man in einer Armee wie der unsrigen, die so sehr für ihre Disziplin bekannt sei, den Soldaten erlauben könne, zu plündern und zu stehlen, wie sie es gerade in Matton getan hätten. Schmidt bat mich, ihm zu antworten, dass er die Soldaten leider nicht bestrafen könne, weil zu viele Offiziere selbst ein so schlechtes Beispiel gegeben hätten.

„Wie kommt es," fuhr der alte französische Hauptmann fort, „dass Sie so schnell mobilisiert haben? In Frankreich hat man so wenig an den Krieg gedacht, dass wir nicht einmal die nötige Zeit hatten, uns auf die Verteidigung vorzubereiten."

Leutnant Wunderlich gab ihm zu verstehen, dass Deutschland sich seit vierundvierzig Jahren auf einen neuen Krieg vorbereite, während man in Frankreich erst vor ein oder zwei Jahren begonnen habe, an so etwas zu denken.

Am nächsten Morgen, dem 25. August, um halb zehn, kam Zahlmeister Herbert mit Versorgungswagen, um die Vorräte an die Küchen zu verteilen. Da sahen wir, wer die wahren Diebe, die größten Plünderer, waren. Was hatten sie nicht alles gestohlen? Volle Koffer, Kleidung, Materialien, Uhren, Phonographen und sogar Regenschirme, Stöcke und andere Dinge, die einem Soldaten nichts nützen. Neben den regulären Wagen gab es noch viele andere, die mit Beute beladen waren. Einige waren ganz mit Wein gefüllt. Als er das sah, fragte Schmidt, seit wann er denn ein Räuberhauptmann sei. Der Zahlmeister antwortete, ohne sich zu rühren, dass es keine Möglichkeit gegeben habe, die Soldaten daran zu hindern, in verlassene Häuser einzudringen.

„Schöne Ausreden", antwortete Schmidt. „Ich glaube, Sie sind Kriegsprofiteur. Während die Soldaten an der Front ihre Haut hergeben, stehlt ihr Herren im Hintergrund in aller Ruhe."

Diese Diebesbande brachte eine Menge Proviant mit, den sie aus den Häusern und Geschäften gestohlen hatte, und allerlei Geflügel, Gänse, die sogar aus den Wagen hingen.

Um 14 Uhr verlässt das Regiment Matton und marschiert auf Carignan zu. Entlang der Straße sahen wir Krankenwagen und zertrümmerte Wagen und die Leichen von Soldaten und Pferden, die wegen der Hitze die Luft zu verpesten begannen. Wir sahen auch tote Kühe und Schweine, die die Soldaten hatten verrotten lassen, nachdem sie ihnen so viel Fleisch abgenommen hatten, wie sie gerade brauchten. Das war das Werk von Marodeuren, die den Krieg zu ihrem persönlichen Vorteil führen und nur in ihren Einheiten erscheinen, um ihren Sold zu bekommen.

In Carignan mussten wir aus Platzmangel unser Lager aufschlagen. Am sechsundzwanzigsten Tag dienten wir als Reserve für die Truppen, die um Mouzon kämpften. In der Nacht regnete es so stark, dass wir in die Häuser gehen mussten, um Schutz zu finden. Natürlich mussten die Soldaten im Haus bleiben, was zu einigen Unmutsäußerungen führte. Ich hörte, wie Klein, ein Gefreiter erster Klasse, sich wie folgt äußerte:

„Wenn es etwas Gutes zu tun gibt, dann sind es die Offiziere. Was uns betrifft, so lassen sie uns, wo immer wir sind, und sehen uns nicht einmal an. Aber wenn die Schlacht kommt, dann haben sie Angst; sie machen uns Komplimente und schmeicheln uns, weil sie Angst haben. Dann sind sie wie kleine Kinder, aber wenn die Gefahr vorüber ist, nehmen sie wieder ihren autoritären Tonfall an und behandeln uns wie Hunde."

Am 27. August überquerten wir die Maas in der Nähe von Carignan ohne jegliche Schwierigkeiten.

Wir schlagen unser Lager in Villemontry auf, das nicht viel gelitten hat. Die Einwohner beklagten sich jedoch über die Überfälle und Plünderungen der Soldaten, die durch ihre Drohungen an Geld und andere Wertgegenstände kamen.

Am Abend erhielt jeder Soldat eine Flasche Wein. Die Männer, die bereits von den Küchen verpflegt wurden, bereiteten sich dennoch eine weitere Mahlzeit zu, die aus Hühnern und anderen, aus dem Dorf gestohlenen Vorräten bestand. Von den Hühnern und Gänsen blieb in der Tat nichts übrig außer den Federn, die auf den Straßen herumflatterten.

Am 28. August ertönte der Weckruf um fünf Uhr, leider der letzte Weckruf für viele von uns, die an diesem Tag fallen sollten.

VIII

AUTRE COURT

Wir gehörten zum linken Flügel der 21. Division und nahmen an der Schlacht in und um Sedan teil. Wir sind zwischen Haraucourt und Autrecourt stationiert. Die 25. Division befand sich zu unserer Linken. Die französische Artillerie zielte sehr gut, aber mit geringen Ergebnissen, da die meisten ihrer Geschosse nicht explodierten. Die Schrapnellgranaten waren am gefährlichsten, denn wenn sie in einer bestimmten Höhe explodierten, regnete ein Kugelregen auf uns herab. Sie haben uns große Verluste zugefügt. Wir lagen auf dem Kamm eines kleinen Hügels östlich von Autrecourt und konnten wegen der mörderischen Franzosen, die auf alle schossen, die dumm genug waren, ihren Kopf zu heben, unmöglich vorrücken.

Major Schmidt, Reserveleutnant Beck, Löffelhardt und ich marschierten mit dem Bataillon, während Oberleutnant Wunderlich, ein Tambourmajor und ein Unteroffizier mit dem Telefon einige Schritte hinter uns blieben, um mit dem Rest des Regiments in Verbindung zu bleiben. Eine Granate, die genau dort explodierte, wo sie standen, traf einen Telefonisten, so dass er buchstäblich in Stücke gerissen wurde, und verwundete Leutnant Wunderlich im Rücken und am Arm.

Nachdem wir mehrmals vor- und zurückgeworfen worden waren, gelang es uns schließlich, in das Dorf zu gelangen, das völlig zerstört war. Wie in Lenglier sah ich halbverbrannte Leichen in den Trümmern liegen. Die Verwundeten stöhnten und die verängstigten Tiere brüllten laut in den Ställen.

Es war etwa zwei Uhr, als wir Autrecourt erreichten. Um zu versuchen, Wunderlich zu sehen, suchte ich zusammen mit dem Major das Feldlazarett auf, das in der Kirche eingerichtet worden war.

Ein schrecklicher Anblick bot sich uns, und unsere Nerven wurden auf eine harte Probe gestellt. Zunächst war es unmöglich, Wunderlich zu finden, so voll war die Kirche mit Verwundeten. Wir hätten über ihre Leichen gehen müssen. Ich erinnere mich unter anderem an den Sohn eines Kaufmanns aus Hanau am Main, der beide Augen verloren hatte. Er schrie, dass es einem das Herz brach und rief immer wieder nach seiner Mutter. In seinem Todeskampf riss er den Verband ab, und wir konnten sehen, wie schrecklich seine Wunde war. Anderen wurden ein oder zwei Gliedmaßen weggeschossen oder ihre Mägen wurden von Granaten aufgerissen. Einige ertrugen ihr Leiden resigniert, andere hingegen stießen laute Schreie aus.

In einem Garten, rechts von der Kirche, lagen die französischen Verwundeten. Ich muss sagen, dass die meisten von ihnen nicht schrien, sei es aus Angst, sei es aus Nationalstolz, sei es, um den Deutschen ein gutes Beispiel an Mut zu geben.

Wir fragten die Krankenschwestern, warum sie diese verwundeten Franzosen nicht in die Häuser trugen, anstatt sie im Freien liegen zu lassen. „Wir haben keinen Platz“, antworteten sie. „Außerdem ist es in der Nacht nicht kalt und sie sind gut zugedeckt“. Am Rande sei gesagt, dass die Krankenschwestern die größten Diebe der Welt sind.

Wir schlagen unser Lager nördlich von Autrecourt auf. Die Kompanien versammelten sich, um ihre Verluste an Toten, Verwundeten und Gefangenen zu melden. Erst da wurde mir klar, wie heftig die Kämpfe gewesen waren. Alle Kompanien hatten mehr als die Hälfte ihrer Kampfkraft an Toten oder Verwundeten verloren.

Viele der Soldaten liefen über das Schlachtfeld, um ihre Freunde zu finden, aber die meisten von ihnen schämten sich nicht, die Taschen der Toten zu untersuchen. Auf alle Fragen antworteten sie, dass sie nach Erkennungsmarken suchten. Um den Leichenfledderern das Handwerk zu legen, musste Schmidt einen förmlichen Befehl erteilen, in dem er damit drohte, jeden sofort zu erschießen, der eine Leiche anfassen würde.

Die Maas floss ruhig zu unseren Füßen, gleichgültig gegenüber all diesem Elend, dessen Hauptursache sie jedoch war.

Damit die Konvois den Fluss überqueren konnten, hatten die 21. Pioniere bei Villers, kurz vor Mouzon, eine Brücke gebaut. Da man dort nicht sehr gut sehen konnte und die Überquerung nur langsam vorankam, setzten die Pioniere Feuer an den Häusern, die dem Fluss am nächsten lagen. Aber die Fackeln breiteten sich über das Dorf aus, und bald war alles erleuchtet, so dass man wie bei Tageslicht sehen konnte. Der General, der das Armeekorps befehligte, beglückwünschte die 21ten Pioniere.

IX

RAUCOURT

Am 29. August 1914 brachen wir, nachdem wir eine neue Verpflegung erhalten hatten, nach Raucourt auf. Während des Marsches zeichnete sich unser neuer Hilfskommandant, Leutnant Kédor, besonders aus. Er war ein Tölpel, der die Soldaten, die schon sehr unter der Hitze und dem Durst litten, malträtierte. Da sie nicht schnell genug marschierten, bedrohte er sie mit seiner Gerte, beschimpfte sie und nannte sie Hunde, Schweine, Bauernbande, Kuhherde usw. Doch während der Schlacht sah niemand diesen Helden, der es vorzog, in der Nähe der Küchen zu bleiben, wo keine Granaten und Kugeln einschlugen. Das hinderte ihn jedoch nicht daran, als einer der Ersten im Regiment das Eiserne Kreuz zu erhalten.

Gegen 15.00 Uhr kamen wir in Raucourt an. Hier passierte etwas, was nicht hätte passieren dürfen, aber mal ehrlich, wer in der deutschen Armee hatte noch Respekt vor dem Roten Kreuz, vor Nichtkombattanten, Frauen usw.? Nicht viele.

Die 87. Infanterie, die an der Spitze stand, hatte es nicht versäumt, alle Vorsichtsmaßnahmen zu treffen und Patrouillen in verschiedene Richtungen zu schicken. Einige dieser Patrouillen zogen es vor, in einem Gasthaus in Raucourt ruhig zu bleiben, anstatt ihren Auftrag zu erfüllen. Sie plünderten das ganze Haus und gingen in den Keller, nachdem sie genommen hatten, was ihnen gefiel. Dort erbeuteten sie eine Menge Wein, vor allem Champagner, wie die vielen leeren Flaschen, die auf dem Boden herumlagen, später bewiesen. Es dauerte nicht lange, bis sie völlig betrunken waren. Dann wurde einer der Soldaten, sei es durch einen Streit, sei es durch einen Unfall, von der Anrichte im Esszimmer erschlagen. Er war von einem Gewehrkolben getroffen worden, der seinen Schädel wie eine Melone geöffnet hatte. Sein Gehirn quoll heraus. Seine Augen, groß wie Stielaugen, hingen aus ihren Höhlen. Er war völlig entstellt. Damit ihn niemand identifizieren konnte, hatten die Mörder seine Papiere versteckt und sein Militärzertifikat aus seinem Rucksack genommen, der noch immer vor ihm lag und dessen Inhalt durcheinandergeworfen war. Dass es sich bei den Mördern nicht um Zivilisten handelte, zeigte sich daran, dass er noch seine eigene Waffe in der Hand hielt und dass die Waffe des Mörders, deren Kolben blutverschmiert war, noch da war.

Leutnant Kédor, der Unteroffizier Dorr vom Regimentsstab, Hallenbach, Löffelhardt und ich waren die Ersten, die das Haus betraten, denn vor der Tür hatte sich eine Menge Zivilisten und Soldaten versammelt, die sich nicht hineintrauten. Wir begriffen sofort, was geschehen war, und sahen, dass nur ein deutscher Soldat den Mord begangen haben konnte. Kédor sagte: „Wer wird die Verbrecher anzeigen, damit sie für ihr Verbrechen bestraft werden?

Sie werden nie gefunden werden. Trotzdem können wir nicht zulassen, dass die Ehre der deutschen Armee auf diese Weise beschmutzt wird." Mit diesen Worten ging er aus dem Haus und beschuldigte die Einwohner von Raucourt, einen preußischen Soldaten ermordet zu haben.

Auf Befehl von Oberst Pudel verhaftete Oberleutnant Schaffitzel, der Adjutant des Regiments, sofort alle Bewohner der Häuser in der Nähe des Gasthauses, etwa zwanzig an der Zahl. Diese elenden Leute schworen, dass die Soldaten untereinander stritten und dass sie unschuldig seien. Daraufhin rief Puder: „Tötet sofort diese ganze Menge, auch wenn die Unschuldigen mit den Schuldigen leiden müssen, und setzt das Hotel und die benachbarten Häuser in Brand." Vielleicht dachte er, dass einer dieser Unglücklichen einen anderen denunzieren würde, aber da irrte er sich. Doch bevor er den Befehl widerrufen konnte, stürzten sich die Soldaten wie wilde Tiere auf, die von Oberst Puder ohne Prozess verurteilten fünfzehn oder zwanzig Männer und Frauen und töteten sie wild mit Bajonettstichen. Währenddessen stürzten sich andere eilig auf die Häuser und das Hotel, die innerhalb weniger Augenblicke in Flammen standen.

Dann zerstreuten sich die Soldaten über das ganze Dorf und misshandelten und terrorisierten alle Bewohner. Sie durften tun und lassen, was sie wollten.

Das Bataillon lagerte außerhalb des Dorfes in einem Feld, wo die Leichen der französischen Kolonialsoldaten noch herumlagen. Wir litten sehr unter dem Mangel an Tabak. Major Schmidt und wir selbst rauchten Tee. Die Soldaten rauchten trockene Blätter. Viele zogen die Toten aus, um etwas Tabak zu finden, den sie für Gold weiterverkauften. Die Soldaten gaben Uhren, Ringe und französische oder belgische Goldstücke im Tausch gegen ein paar Zigaretten ab. Woher kamen all dieses Geld und diese Wertsachen, da der deutsche Soldat nur fünf und drei Zehntel Mark alle zehn Tage bekam?

Am nächsten Tag, einem Sonntag und Ruhetag, fand ein Gottesdienst statt, bei dem der Kaplan der 21. Division predigte: „Liebe deinen Nächsten wie dich selbst". Um halb zwölf Uhr wurde in der Kirche von Raucourt eine Messe für die katholischen Soldaten abgehalten.

Da wir vom Generalstab Wein brauchten, sagte Major Schmidt zu mir, ich solle versuchen, mich mit Löffelhardt hinauszuschleichen und welchen zu besorgen. Ich erkundigte mich also bei den Bewohnern des Dorfes, die mir rieten, mich bei einer Villa am nördlichen Rand von Raucourt zu bewerben. Diese Villa wurde von einer alten Dame bewohnt, die dort allein mit ihrem Sohn lebte und wahrscheinlich eine Menge Wein im Keller hatte.

Als Unteroffizier Kumpfe, Löffelhardt und ich uns in der Villa einfanden, wurden wir von einem jungen Leutnant hinausgeworfen, der dort bereits sein Quartier bezogen hatte.

Also kehrten wir zu Major Schmidt zurück, um ihm das Scheitern unserer Mission mitzuteilen. Kédor, der in einem solchen Fall nie Angst hatte, sagte, dass wir mit ihm dorthin zurückkehren müssten. Als wir ankamen, war der junge Leutnant schon weg, und wir konnten die Dame sofort sehen. Wir erklärten ihr den Zweck unseres Besuchs, aber sie sagte uns:

„Meine Herren, alles, was in diesem Haus ist, wurde bereits von dem General, der hier wohnt, mitgenommen".

„Und wo ist dieser Herr?" fragte ich.

„Er ist ausgegangen", sagte sie.

„Nun gut. Wenn er zurückkommt, zeigst du ihm unsere Beschlagnahmungsurkunde."

Daraufhin gingen wir in den Keller hinunter und begannen sofort, einige Flaschen Champagner und andere Weine einzupacken.

Als wir uns mit etwa dreißig Flaschen zum Aufbruch bereit machten, empfing uns der junge Offizier an der Tür des Kellers mit den Worten:

„Ich werde euch beibringen, meinen Champagner zu trinken! Ihr trinkt Wasser, ihr Schlingel!"

Aber Kédor, der keine Angst hatte, schrie ihm ins Gesicht:

„Was sagst du da? Wer bist du? Was tust du in diesem Haus?"

„Ich bin der Adjutant des Generals und ich befehle euch, diesen Wein in Ruhe zu lassen und diesen Ort so schnell wie möglich zu verlassen."

„Schweigen Sie, halten Sie den Mund! Ich bin älter als Sie. Ich glaube, Sie sind nur ein Hochstapler. Du wirst von mir hören", antwortete der kühne Kédor.

Endlich kamen wir mit unserem gestohlenen Wein in Schmidts Quartier an, aber wir konnten nicht viel davon trinken, denn unsere Abreise war auf halb fünf Uhr festgesetzt. Wir hatten kaum Zeit, einen Happen zu essen, bevor wir aufbrachen.

Kaum sechs Kilometer vor Raucourt mussten wir anhalten, um andere Truppen vorbeizulassen, denn wir waren die Reserve. Diese Verzögerung gab Schmidt die Gelegenheit, uns zurückzuschicken, um mehr Wein zu holen, denn wir würden wahrscheinlich durch Orte fahren, die von den Truppen, die uns vorausgingen, bereits ausgeräumt worden waren. Ich machte mich also mit Leutnant Abraham von der 8. Kompanie und Löffelhardt auf den Weg. Wir fuhren alle mit Fahrrädern. Wir freuten uns, dass wir den jungen Leutnant wieder ärgern konnten. Im Dorf hielt Leutnant

Abraham kurz an, um mit einigen Soldatenbekanntschaften zu sprechen, also fuhren Löffelhardt und ich voraus und stellten uns allein vor die Tür der Villa der alten Dame.

Wir klopften mehrere Male, aber niemand antwortete. Dann sprangen wir über die Gartenmauer und entfernten das Eisengitter, um die Tür zu öffnen und unsere Fahrräder hineinzustellen. Wir waren sehr überrascht, als wir drohende Worte auf Deutsch hörten. Die Tür des Hauses war auch geschlossen, also kletterten wir durch ein Fenster hinein und waren bald in dem Zimmer, aus dem der Lärm kam. Dort sahen wir einen seltsamen Anblick. In dem Zimmer befanden sich Unteroffizier Kumpfe, der zu unserer Gruppe gehörte, als wir das erste Mal wegen des Weins gekommen waren, Janecke, ein Gefreiter erster Klasse, und die alte Dame. Letztere war völlig entkleidet und schien kurz vor der Ohnmacht zu stehen. Als sie uns sah, fing sie an zu weinen, wahrscheinlich weil sie dachte, dass wir auch gekommen waren, um ihr wehzutun. Ich sagte ihr, sie solle sich anziehen und uns sagen, was passiert sei.

„Vor etwa einer halben Stunde", sagte sie, „brachen diese beiden Herren durch das Fenster in mein Zimmer ein und verlangten Geld. Ich sagte ihnen, ich hätte keins, weil mein Sohn weggegangen sei und es mitgenommen habe. Da sie kein Französisch verstanden, dachten sie, ich würde mich weigern, es ihnen zu geben. Ich nahm sie mit in den Speisesaal, um ihnen etwas zu essen zu geben, aber sie richteten ihre Revolver auf mich und zerrten mich in diesen

Raum. Ich versuchte ihnen klarzumachen, dass sie nichts finden würden, was ihnen auch nur den geringsten Wert hätte. Dann setzte sich der Größere“ (das war Kumpfe) „auf mein Bett und gab mir durch Zeichen zu verstehen, dass ich mich ausziehen solle. In gleicher Weise versuchte ich ihm zu vermitteln, dass ich eine alte Frau sei, dreiundsechzig Jahre alt, und bat ihn, seiner Mutter zu gedenken und mir eine solche Schmach zu ersparen. Dann nahm dieser Herr eine Kerze und stellte sie an mein Bett. Ich bitte Sie, sich die Laken und Decken anzusehen. Halb wahnsinnig vor Angst riss ich mir die Kleider vom Leib, bereit, mich in das Unvermeidliche zu fügen, als zum Glück Sie, meine Herren, kamen.“

Dann erklärte ich der Dame, warum wir sie aufgesucht hatten, dass sie keine Angst vor uns haben müsse und dass wir sie mit Requisitionsscheinen bezahlen würden, die den gleichen Wert wie das aktuelle Geld hätten. Kumpfe, der nun völlig verängstigt war, bat mich, nichts von dem, was wir gesehen hatten, zu erzählen. Sowohl er als auch Janecke baten die alte Dame um Verzeihung. Auch sie bat uns, nichts zu sagen, weil sie nicht wolle, dass diese Männer bestraft würden, und weil ihr die ganze Angelegenheit peinlich sei. Löffelhardt und ich versprachen ihr, es geheim zu halten.

Sie bat uns alle, etwas zu essen, und Sie können sicher sein, dass wir uns nicht weigerten. Leutnant Abraham, der gerade angekommen war, nahm die Einladung ebenfalls an und schien sehr zufrieden mit der guten Frau zu sein. Wir erzählten ihm nicht, was sie alles durchgemacht hatte. Nach dem Abendessen ging sie selbst mit uns in den Keller, um Wein zu holen. Da wir nicht alles mitnehmen konnten, sagten wir ihr, sie solle den Rest vergraben, denn ich hatte auf dem Requisitionsschein vermerkt, dass wir alles mitgenommen hatten; aber ich bezweifle, dass sie das tat. Später, als Kumpfe Janecke etwas befehlen wollte, sagte dieser mit klarer Stimme: „Raucourt". Kumpfe wurde sofort blass und gab seine Befehle an einen anderen Soldaten weiter.

Am Abend kehrten wir zum Bataillon zurück, beladen wie Maultiere, zu Schmidts großer Zufriedenheit.

Die Dörfer, durch die wir kamen, waren größtenteils völlig zerstört, und in vielen von ihnen standen sogar die Kirchen nicht mehr.

Nun erwartete uns die Schlacht an der Marne, die Marne, in der die Franzosen zeigten, aus welchem Holz sie geschnitzt waren, und in der General Joffre unseren Hoffnungen und Illusionen ein Ende setzte.

Ich möchte hier von einigen der törichten Ideen unserer Soldaten erzählen, um zu zeigen, wie weit diese Illusionen verbreitet waren. Wir sollten sofort in Paris einmarschieren, das war selbstverständlich, und niemand zweifelte auch nur einen Augenblick daran. Aber alle Soldaten waren überzeugt, dass wir auch sehr bald in England sein würden.

„Wie kommen wir nach England?“, fragte einer.

„Mach dir keine Sorgen“, antwortete ein anderer. „Wilhelm hat schon alles vorbereitet. Eines Tages wird Dover von Calais aus bombardiert werden, und wir werden uns in aller Ruhe auf den Weg nach London machen, wo wir unseren ganzen Pudding essen können.“

X

DIE SCHLACHT AN DER MARNE

Wir hatten das Glück, fünf Tage lang in der Nachhut zu bleiben, bis zum 5. September 1914, als wir unter der tödlichen französischen Artillerie in den Norden von Heiltz-le-Merupt geführt wurden, um an der großen Schlacht an der Marne teilzunehmen. Die französische Artillerie zielte so gut, dass wir auf dem Marsch zu unserer Stellung fast die Hälfte unserer Kampftruppe an Toten und Verwundeten verloren.

Wir kamen schließlich in Heiltz-le-Merupt an, wo wir anhalten mussten, weil das Dorf unter Beschuss stand. Wegen des heftigen Artilleriebeschusses des Feindes immer auf dem Sprung, erreichten wir unsere Stellungen zwischen Sermaize-les-Bains und Pagny-sur-Saul, an der Eisenbahnlinie, wo wir geschützt waren. In diesem Moment war unsere Kommunikation mit der Nachhut unterbrochen, weil die französische Artillerie uns immer heftiger und tödlicher beschoss. Wir waren relativ gut geschützt, aber nur, wenn wir im Wasser lagen. Ein sintflutartiger Regen fiel unaufhörlich, und seit 4 Uhr morgens hatten wir nichts mehr gegessen. Wir mussten den Einbruch der Nacht abwarten, bevor wir unsere unangenehme Stellung verlassen konnten, in der wir, wenn wir nicht erschossen würden, wahrscheinlich wie Ratten ertränkt werden würden.

Um 22.00 Uhr näherten sich zwei Feldküchen. Ohne sich darum zu kümmern, zu welchem Regiment sie gehörten, stürzten sich die Männer auf sie und nahmen ihnen im Handumdrehen alles ab.

Bald wurden Löffelhardt und ich beauftragt, die gerade aus Mainz eingetroffene Verstärkung zum Bataillon zu bringen und auf die verschiedenen Kompanien zu verteilen. Einige alte Hanauer Bekannte von uns waren dabei. Das Wichtigste war, dass sie Tabak und Zigaretten hatten, was wir schon lange nicht mehr hatten.

Wir führten die Neuankömmlinge zu ihren Kompanien. Viele waren erst vor sechs Wochen zu den Fahnen gekommen. Sie waren ganz aus dem Häuschen bei dem Gedanken, an einer großen Schlacht teilzunehmen, und schrien, so dass wir sie zum Schweigen bringen mussten, denn die Franzosen waren kaum dreißig oder vierzig Meter von uns entfernt. Kaum hatte ich das Wort ergriffen, begann das Feuerwerk von neuem, sehr heftig, und dann war es schwer, diese tapferen Krieger zu bändigen, die in alle Richtungen, vor allem nach hinten, zu rennen begannen. Bald mussten Löffelhardt und ich uns in eine Wasserlache legen.

Die Sanitäter der Kompanie machten sich gerade mit neuen Rekruten auf den Weg, als der Befehl zum sofortigen Angriff auf die Franzosen kam, die uns gegenüberstanden. Das war ein wahres Gemetzel. Zum ersten Mal nahm ich an einem Kampf im Nahkampf teil. Jede erdenkliche Waffe kam zum Einsatz: das Bajonett, der Gewehrkolben und sogar das Grabenmesser. Die beiden Artillerien donnerten weiter und verursachten auf beiden Seiten schreckliche Verluste. Weder Franzosen noch Deutsche gaben nach, und niemand wollte sich ergeben. Unser Angriff scheiterte und führte nur zu enormen Verlusten.

Am Morgen sahen wir Kédor mit den vier Adjutanten der Kompanie, die er gesucht hatte, dort, wo sich die Feldküchen befanden, ankommen. Er wollte die Neuankömmlinge einschreiben, aber das war unmöglich, weil wir keine Listen hatten und die meisten von ihnen ohnehin schon getötet, verwundet oder gefangen genommen worden waren. Lange Zeit wurde in Deutschland auf die vielen Anfragen von Angehörigen der Soldaten nur diese einfache Antwort gegeben: „Vermisst seit der Schlacht an der Marne“. Viele dieser jungen Soldaten hatten nicht einmal ein Erkennungszeichen.

Am 6. September ließ der Ring etwas nach, aber es regnete weiter in Strömen. Ich hockte mit Löffelhardt auf dem Boden eines Lochs, ganz in der Nähe des Majors. Plötzlich fiel eine französische Granate direkt in unseren Graben und riss sechs Männer in Stücke.

Gegen 17 Uhr gingen Löffelhardt und ich nach hinten, um Befehle des Majors an den Zahlmeister zu überbringen. Er war mit dem Gepäck in der Nähe von Sagny-sur-l‘Angle stationiert, zusammen mit dem gesamten Proviant des 21.

unter der Leitung von Rittmeister, einem Hauptmann der Husaren. Dieser verhörte gerade den Bürgermeister von Sagny-sur-l'Angle, der ihm vorgeführt und beschuldigt wurde, mit den Franzosen zu korrespondieren und sie durch ein unterirdisches Telefon über alle unsere Bewegungen zu informieren. Dieser Verdacht war umso begründeter, als eine deutsche Batterie, die gerade ihre Stellung eingenommen hatte, sofort von der französischen Besatzung vernichtet wurde. Ein Unteroffizier der 6. Ulanen kam in den Rathaushof und befahl den Soldaten, alle Zivilisten zu verhaften. Drei Frauen, darunter die Tochter des Bürgermeisters, ein junges Mädchen von achtzehn Jahren, wurden in einem Keller gefunden, der ihr Versteck war, und wurden genauso behandelt wie die Männer, das heißt mit äußerster Brutalität.

Wir verbrachten die Nacht beim Zahlmeister und konnten sehen, welch einfaches und angenehmes Leben diese Herren vom Quartiermeisteramt führten. Während wir in den Schützengräben auf alles verzichteten, fand hier eine furchtbare Verschwendung statt. Sie haben sich nichts versagt. Waggons mit geplünderten Waren standen in Reih und Glied. Weil es regnete, hatte man bequeme Zelte aufgestellt. Der Zahlmeister lud uns zum Abendessen ein und behandelte uns, als wären wir in einem erstklassigen Hotel. Es wurden viele ausgezeichnete Gänge und alle Arten von Wein serviert. Da Löffelhardt und ich achtundvierzig Stunden lang praktisch nichts gegessen hatten, war unser Appetit enorm. Wir waren beide von dem einen Gedanken besessen, uns diese Gelegenheit zu Nutze zu machen, indem wir genug für mehrere Tage aßen. Alles, was wir bei diesem Abendessen gegessen hatten, war gestohlen worden. Ein paar Schritte von uns entfernt zögerten einige Soldaten, die die Zivilisten von Sagny bewachten, nicht, ihre völlige Respektlosigkeit gegenüber den Frauen auf schockierende Art und Weise zu zeigen. Diese armen Geschöpfe konnten nichts tun und fingen an zu weinen, aber das hinderte diese Rohlinge nicht daran, weiterzumachen. Die Offiziere hätten einem solchen Verhalten ein Ende setzen müssen. Sind nicht immer zwei Offiziere eingeteilt, um beim Gepäck zu bleiben? Wo waren sie? Wahrscheinlich wollten sie mit gestohlenem Wein feiern. Sie haben den Krieg auf ihre Weise geführt.

Nachdem wir uns erfrischt hatten, folgten wir dem Ruf der Pflicht und trafen gegen 4 Uhr morgens wieder bei unserem Bataillon ein. Wir mussten über die Leichen von toten Männern und Pferden und über die Trümmer von Wagen, Geschützen und Autos kriechen, die das Schlachtfeld übersäten. Es war unmöglich, aufrecht zu gehen, ohne sich der feindlichen Flamme auszusetzen. Also mussten wir kriechen. Ich erschauderte, als ich die Toten berührte, und ahnte, dass vielleicht auch ich einen Moment später einer dieser unzähligen und unbekannten Leichen sein würde. Gegen halb sieben erreichten wir den Kamm eines Hügels. Wir boten dem Feind ein ideales Ziel, und seine Kugeln begannen über uns hinweg zu sausen. Also versteckten wir uns hinter einem toten Pferd. Bald sahen wir einige Truppen vor uns, die sich in unsere Richtung zurückzogen. Wie groß war unsere Überraschung, als wir feststellten, dass wir uns inmitten des ersten und nicht des zweiten Bataillons befanden. Auf unsere Fragen hin wurde uns gesagt, dass das zweite Bataillon jetzt weiter links sei. Wir gingen dorthin und ich fragte Major Schmidt, warum wir die Bahnlinie verlassen hatten. Er sagte: „Ihr habt gehört, dass die Deutschen mit Von Kluck zwanzig Kilometer vor Paris waren, aber die Sache ist schief gegangen und wir müssen uns zurückziehen. Wenn das so weitergeht, werden wir bald keine Männer mehr haben, denn unsere Verluste sind furchtbar." Wir blieben dort ohne Befehl und warteten darauf, gefangen genommen zu werden.

„Charlot", fuhr Schmidt fort, „wenn das Schicksal will, dass wir den Franzosen in die Hände fallen, solange wir noch leben, sollten wir immer zusammenbleiben. Warum habe ich in der Schule nicht mehr Französisch gelernt? Nun, das ist klar, wir werden zusammenbleiben."

Wir blieben den ganzen Tag dort; die französische Artillerie schoss uns in den Rücken und hinderte uns am Rückzug. Sie schossen auch auf uns und töteten viele unserer Männer, so dass unsere Lage unerträglich wurde. Die Bahrenträger wussten nicht, wohin sie sich wenden sollten, denn die Verwundeten schrien alle gleichzeitig und riefen sie aus allen Richtungen. Einige Männer begannen, ihre Taschentücher an ihre Gewehre zu kleben, um zu zeigen, dass sie sich ergeben wollten, aber die Franzosen schenkten uns nicht die geringste Aufmerksamkeit und antworteten nur mit Kugeln, die sehr oft ihr Ziel trafen. Alle waren demoralisiert. Um die Männer zu beruhigen, erklärten höhere Offiziere, dass wir uns vorsichtshalber zurückziehen würden, aber niemand glaubte das. Die Soldaten hatten keine Skrupel, die Offiziere direkt anzuschreien: „Ja, ja, Sie waren zu voreilig mit Ihrer Pariser Geschichte. Jetzt haben uns die Franzosen eine Tracht Prügel verpasst, die wir nie vergessen werden.“

Endlich, am 8. September, gegen 19 Uhr, entkamen wir aus der Todesumklammerung der Franzosen. Uns wurde befohlen, den Rückzug anzutreten, der aufgrund widersprüchlicher Befehle und Gegenbefehle nur mühsam zustande kam. Erst schickten sie uns in eine Richtung und dann in eine andere. Wenn wir gerade an einer Stelle angehalten hatten, an der wir uns ein wenig ausruhen konnten, kam sofort ein anderer Befehl, der uns befahl, den Ort zu verlassen. Diese Ungewissheit unter ihren Anführern verärgerte die Soldaten, die manchmal sogar begannen, die Soldaten zu beschimpfen. Viele Männer weigerten sich todesmutig, weiterzugehen, sondern blieben, wo sie waren, und ergaben sich ihrem Schicksal.

Am 9. September, gegen 4 Uhr morgens erhielt unser Regiment den Befehl, als Nachhut der Division zu fungieren und Patrouillen mit vertrauenswürdigen Männern auszusenden. Bis zu weiteren Befehlen sollte der Großteil der

Nachhut den südlichen Teil des Waldes von Sommeilles besetzen.

Es hatte aufgehört zu regnen und die Sonne schien hell. Unser kleiner Stab machte es sich am Rande einer Sandgrube so bequem wie möglich. Sie brachten uns Kaffee aus der Küche. Wir nehmen ihn mit Vergnügen und sprechen über die jüngsten Todesfälle, als eine französische Granate, die ganz in der Nähe einschlug, uns daran erinnert, dass der Krieg noch nicht zu Ende ist. Leutnant Kédor, der mit den Beinen über den Rand der Grube baumelte, stürzte plötzlich hinunter, stürzte unseren Kaffee um und schrie: „Hilfe! Schnell! Ich bin verwundet!" Dr. Wolkewiz und zwei Krankenschwestern kamen herbeigeeilt, aber er stand allein auf und tastete sich ab und sagte: „Ich dachte, eine Granate hätte mich in Stücke gerissen. Aber Gott sei Dank, ich sehe, dass mir nichts fehlt und dass ich gesund bin. Wir alle lachten über den Mut dieses Helden, der fortfuhr: „Major, ich bin knapp entkommen; die Granate zischte mir um die Ohren, so dass ich dachte, das Ende sei gekommen. Gut, dass diese Einfaltspinsel schlecht gezielt haben."

Der Major antwortete ihm: „Kédor, ich habe nicht mehr so viel gelacht, seit wir mobilisiert wurden. Und sieh nur! Das ganze Bataillon verbog sich vor Lachen. Es bleibt abzuwarten, ob es an deinem Heldentum liegt oder an deinen akrobatischen Kunststücken."

Kédor, der schlecht gelaunt war, ärgerte sich über diese

Bemerkung und fing an, mit den Soldaten zu streiten. Doch kaum hatte er den Mund aufgemacht, riefen diese vor Lachen zitternd: „Hilfe! Schnell! Ich bin verwundet!"

Um diese Szene zu beenden, schickte Schmidt Kédor in die Küche, um uns noch Kaffee zu holen.

Bald setzten wir unseren Rückzug fort. Von Klucks Artillerie galoppierte wie wild an uns vorbei, während sich die Infanteristen, die nicht mehr mithalten konnten und den Franzosen nicht in die Hände fallen wollten, an die Lafetten hängten.

In den Dörfern, die wir durchquerten, kam es nicht mehr in Frage, die Einwohner zu malträtieren. Einige von ihnen fragten uns, ob wir den Weg nach Paris suchten. Schmidt, für den ich diese sarkastischen Fragen übersetzte, wurde nicht wütend und zuckte nur mit den Schultern.

Um sechs Uhr erreichten wir Hans mit der gesamten 88., der 87., der 6. Ulanen und der 63. Die Straßen waren so überfüllt mit Geschützen und Wagen, dass es unmöglich war, durchzukommen. Die Offiziere fluchten und schrien, und die Soldaten taten, was sie wollten. Viele der Unteroffiziere wurden von Gefreiten verprügelt. Als ich Befehle für die Brigade holen wollte, sah ich, wie Leutnant Anspach vom 3. Bataillon einen Ulanen beschimpfte, der ihn im Vorbeigehen mit seiner Lanze berührt hatte. Der Ulan antwortete ihm wütend: „Halt die Klappe, du großer Dieb; jetzt bekommst du deinen Mut zurück, weil wir weit von den

Franzosen entfernt sind. Hau ab, du armer Feigling, sonst kriegst du noch was.“ Anspach erbleichte und ging fort. Ich selbst hatte den Kragen meines Umhangs abgenommen, um unerkannt vorbeizugehen, denn ich merkte, dass die Truppe in diesem Moment keinen Respekt vor ihren Vorgesetzten hatte.

Die Nacht verlief für die Männer ruhig, aber wir waren mit Befehlen und Gegenbefehlen beschäftigt.

Wir verließen Hans am 11. September gegen 3 Uhr morgens in Gefechtsstellung und zogen uns nach Osten zurück, wobei wir die Schützengräben zwischen Hans und Somrne-Tourbe überquerten.

Gegen sechs Uhr wurden wir von Regimentern abgelöst, die noch nicht erprobt waren, und wir lösten unsererseits die Garde ab, die bei Reims geschlagen worden war.

Das war die Rolle, die unser Bataillon in der Schlacht an der Marne spielte.

XI

REIMS

Wir waren auf dem Marsch nach Norden in Richtung Vouziers, als wir plötzlich den Befehl erhielten, unseren Kurs zu ändern. Ein Blick auf die Karte zeigte uns, dass wir nach Reims geschickt wurden. Unser Marsch auf diese Stadt war ein wahrer Gewaltmarsch, denn wir legten etwa fünfzig Kilometer an einem Tag zurück. Oberst Puder rief uns zu: „Nun, wir müssen wieder die Kastanien für andere aus dem Feuer holen. Es sieht so aus, als ob die Garde aufgerieben wurde, und zweifellos wird man uns schicken, sie zu ersetzen."

In Bourgogne trafen wir die ersten Soldaten der Garde. Unsere Männer empfingen sie mit traurigen Witzen. „Nun", sagten sie, „da seid ihr ja, ihr Schläger aus Berlin. Haben euch die Franzosen ordentlich den Hintern versohlt? Schaut uns nur an, um zu sehen, was echte Soldaten sind. Ihr seid nichts anderes als Soldaten in voller Montur. Ihr wisst, wie man sich das Maul zerreißt, aber wenn es zur Schlacht kommt, werft ihr die Waffen weg und haut ab." Die Offiziere sagten nichts und lachten sich ins Fäustchen. Diese Bemerkungen versicherten ihnen, dass wir unsere Pflicht tun und den Misserfolg der Garde, die das Fort von Brimont verloren hatte, wieder gutmachen würden. Wir wurden geschickt, um es zurückzuerobern.

Wegen der Treffsicherheit der französischen Artillerie wollte zunächst niemand angreifen. Aber Brigadegeneral von der Esch rannte die ganze Linie entlang und schlug den Soldaten mit seinem Degen in den Rücken. So konnte die Brigade das Fort von Brimont zurückerobern. Danach sagte von der Esch zu den Offizieren, dass dies die beste Art sei, die Soldaten zum Vormarsch zu bewegen und sie an ihren Dienst zu erinnern.

Während der Einnahme des Forts waren wir ununterbrochen dem furchtbaren Feuer der französischen Artillerie ausgesetzt, die unsere Männer immer wieder abknallte. Unser Zahlmeister Herbert, der nun mit seinen Versorgungswagen etwas näherkommen musste, um die Waren zu verteilen, hatte schreckliche Angst, was ihn aber nicht daran hinderte, das Eiserne Kreuz zu erhalten.

Am Nachmittag des 17. September befahlen Major Schlegner vom 1. Bataillon und unser Major Schmidt Löffelhardt und mir, nach Reims zu fahren, um dort Champagner zu besorgen und unseren Sieg über die kaiserliche Garde zu feiern. Wir fuhren auf Fahrrädern über Auménancourt-le-Petit, Bourgogne und Fresnes. Als wir aus Fresnes herauskamen, begannen um uns herum Granaten zu fallen. Wir dachten, sie kämen von unserer Artillerie, deren Reichweite zu gering sein könnte. Wir waren sicher, dass Reims noch nicht von den Franzosen besetzt war. Als wir aus dem Wald herauskamen, begrüßte uns ein regelrechter Granatenregen. Wir wussten nicht, was wir tun sollten, und hielten es für das Beste, so schnell wie möglich in die Stadt zu gelangen. Dort würden wir in Sicherheit sein. Als wir an einem Bauernhof vorbeikamen, in dem sich eine Infanteriekompanie versteckte, fragten uns die Soldaten: „Wo wollt ihr hin? Viel Glück für euch!" Plötzlich befanden wir uns inmitten eines infernalischen Bombardements. Die Granaten kamen aus allen Richtungen und zerschellten überall um uns herum. Während wir die schöne weiße Straße entlangfuhren, schoss die französische Artillerie, die in Wirklichkeit Reims besetzt hielt, auf uns, als ob sie auf Zielscheiben schießen würde. Als wir unseren Irrtum erkannten und sahen, dass wir die deutschen Linien längst passiert hatten, fuhren wir in einem schwindelerregenden Tempo zurück. Wir brachen sicherlich alle Geschwindigkeitsrekorde, denn wir hatten die gesamte französische Artillerie im Rücken, um uns voranzutreiben und uns Mut zu machen. Die Straße ging ein wenig bergauf, aber trotzdem fuhren wir weiter wie die Weltmeister, um dieser Hölle zu entkommen. Schmidt, tief bewegt, empfing uns mit offenen Armen: „Meine armen Jungs", sagte er, „was für ein unglücklicher Auftrag! Ihr riskiert euer Leben für eine Flasche Champagner! Kaum waren Sie abgereist, erfuhren wir, dass unsere Männer Reims nicht mehr halten konnten und die Straße einem schrecklichen Bombardement ausgesetzt war. Zum Glück hat der Himmel Sie beschützt! Wart ihr das, die ihr wie die Verrückten die Straße entlang gerannt seid?" Diese Geschichte zeigt, wozu deutsche Soldaten manchmal gezwungen sind. Sicherlich hätte Schmidt allein niemals einen solchen Befehl gegeben, aber Schlegner, ein Preuße im wahrsten Sinne des Wortes, hätte auf sofortigen Gehorsam bestanden.

Mehrere Soldaten, die ihre Ersatzrationen aufgegessen hatten, wurden mit den Händen auf dem Rücken an einen Pfahl gebunden. Bei dieser Gelegenheit sagte der Gefreite Render von der 5. Kompanie, der fünf Jahre lang in der Fremdenlegion in Afrika gedient hatte, dass er dort noch nie gesehen habe, wie Soldaten so behandelt wurden, und dass alle Geschichten, die über die Fremdenlegion in Deutschland erzählt wurden, völlig falsch seien.

Am 19. September wurden wir abgelöst und begaben uns nach Pignécourt, wo wir auf einem großen Anwesen unser Quartier bezogen.

XII

DER MARSCH AUF ROYE

Am 20. September begannen wir unseren Marsch in Richtung Roye. Gegen drei Uhr kommen wir durch Neufchatel. Wir trafen auf einzelne Gruppen von Soldaten, die zu anderen Regimentern gehörten und eine Reihe von Schweinen, Pferden, Kühen usw. führten, die sie den Einwohnern abgenommen hatten. Sie sagten, sie würden sie zu ihren Regimentern bringen. Als Schmidt sie daran erinnerte, dass Plündern verboten sei, antworteten sie, dass ihre Vorgesetzten ihnen befohlen hätten, diese Tiere zu requirieren, dass sie aber keine Zeit gehabt hätten, zu ihren Einheiten zurückzukehren, die sich zu früh zurückgezogen hätten. In Wirklichkeit waren sie Marodeure. Neufchatel war nicht beschossen worden, aber alle Geschäfte waren geplündert und die Waren mitten auf die Straße geworfen worden. Ein Tresor lag im Garten einer Villa, deren Fenster und Türen eingeschlagen waren.

Am 20. September machten Major Schmidt, Dr. Schäfer, Dr. Wolkewiz, Leutnant Kédor, Löffelhardt und ich auf einem Bauernhof an der Straße nach Laon, nicht weit von Neufchatel, Halt, um auszuruhen und unseren Durst zu stillen. Eine sehr traurig aussehende Frau empfing uns und fragte uns, ob wir auch gekommen seien, um Schande über ihre Töchter zu bringen.

Schmidt sagte mir, ich solle diese Frau befragen, und so bat ich sie, uns zu erzählen, was passiert war. Dann führte sie uns in ein Schlafzimmer, wo sie uns die Spuren des großen Verbrechens zeigte, das gerade in ihrem Haus begangen worden war.

„Vor höchstens drei oder vier Stunden", sagte sie, „kamen drei Soldaten hierher und fragten mich nach Wein und Geld. Ich sagte ihnen, dass ich weder das eine noch das andere habe und dass ich mit meinen beiden Töchtern allein sei. Sie sagten mir, ich solle meine Töchter anrufen. Ich versuchte, sie umzustimmen, aber sie wollten auf nichts hören, und so musste ich aus Angst vor ihren Drohungen gehorchen. Kaum waren sie aufgetaucht, stürzten sich die Soldaten wie wilde Tiere auf meine armen Kinder und drängten sie in dieses Zimmer, wo sie sie trotz meiner Schreie vergewaltigten. Einer von ihnen drückte mir die Hand auf den Mund, hielt mich zurück und schlug mich dabei. Hier, meine Herren, sehen Sie die Spuren dieses wilden Kampfes. Seinem Abzeichen nach glaube ich", sagte sie, „dass einer von Ihnen" (sie sah Schäfer an) „ein Arzt ist. Ich bitte ihn, meine Töchter sorgfältig zu untersuchen, damit er bezeugen kann, dass ich die Wahrheit sage." Schäfer wurde mit den jungen Mädchen allein gelassen und kam einige Augenblicke später zurück, um Major Schmidt zu berichten, dass sie von diesen Schurken vergewaltigt worden waren. Die beiden armen jungen Damen im Alter von achtzehn und zwanzig Jahren wagten nicht einmal mehr, ihre Mutter anzusehen, und standen beschämt vor uns.

Wir sagten den Damen, dass wir Anzeige erstatten würden, dass dies aber wahrscheinlich nichts bringen würde, da es so viele Verbrecher gäbe, die auf diese Weise Krieg gegen unschuldige Menschen führten. Schmidt bat mich, sie zu fragen, ob wir noch etwas für sie tun könnten. Sie flehten uns an, sie in Ruhe zu lassen.

Schmidt beschwerte sich bei Oberst Puder. Dieser antwortete, er könne nichts tun, weil es unmöglich sei, diese Schurken zu finden und zu bestrafen, so wie es auch unmöglich sei, Plünderer und Diebe zu bestrafen. „In diesem Fall", sagte er, „könnte Deutschland genauso gut sofort Frieden schließen, denn ich sehe, dass jeder stiehlt, und jeder hat Ringe an den Fingern und Juwelen in seinen Taschen. Wir müssten fast alle ins Gefängnis stecken."

Schmidt sagte zu mir in dieser Angelegenheit: „Charlot, wir reden schlecht genug über die Russen in Deutschland, aber ich denke, wir sind nicht besser als sie. Vielleicht sind wir schlechter!"

Am 21. September fuhren wir langsam auf der Straße von Lion. Die Soldaten singen. Leutnant Kédor, der seine Männer gerne quälte, wollte sie aufhalten. Aber sie fingen alle an zu schreien und ahmten Kédors Stimme nach: „Hilfe! - Schnell! Ich bin verwundet", und erinnerten ihn so an sein Kunststück in der Sandgrube, was ihn wütend machte. In seiner Wut ging er so weit, dass er mehrere Männer mit der Gerte schlug. Bei einer unserer Pausen sah er einige Soldaten am Boden liegen und schlug einem von ihnen auf den Nacken. Dieser Mann stand ruhig auf, nahm sein Gewehr, lud es und zielte auf Kédor, der sofort begann, im Zickzack zu laufen und nach seinem Pferd zu rufen. Wir befanden uns in einiger Entfernung von dieser Szene und waren darüber sehr amüsiert. Oberst Puder hielt sich die Seiten vor Lachen. Schmidt ließ den Soldaten zu sich bringen und sagte ihm, dass er richtig gehandelt habe und dass er sich gegen jeden verteidigen müsse, der ihn angreifen könnte, egal ob Freund oder Feind. Auch Oberst Puder und General von der Esch selbst gratulierten dem Soldaten. Kédor war verschwunden. Aber da er Adjutant war, würde er bald zurückkommen müssen, um Befehle zu erhalten. Schmidt nutzte die Gelegenheit, um zu ihm zu sagen: „Kédor, du hast uns bereits einen Beweis deines Heldentums geliefert, indem du uns gezeigt hast, dass du auch bei großer Gefahr nicht den Verstand verlierst und weißt, wie du dich aus der Gefahr befreien kannst. Aber der Soldat, der dich sicher getötet hätte, wenn wir nicht geschrien und gelacht hätten, ist noch mutiger. Auf jeden Fall hast du uns sehr gut unterhalten." Kédor war eine kurze Zeit lang sehr niedergeschlagen und ließ die Soldaten allein.

Am dreiundzwanzigsten brachen wir nach Fressancourt, La Fere, Chauny und Beaugies auf, wo wir Halt machten.

Jede Kompanie hatte einen Unteroffizier vorausgeschickt, der für die Unterbringung des Bataillons sorgte. Die

Bauern von Beaugies, einfache und kindliche Leute, wunderten sich über unsere seltsamen Uniformen, die nicht französisch waren und die sie noch nie gesehen hatten, und fragten die Quartiermeister: „Seid ihr Engländer?“ „Ja, ja“, antworteten diese, um ein gutes Quartier zu bekommen, und warnten uns, als wir ankamen, uns nicht anmerken zu lassen, dass wir Feinde seien. Diese Gutmenschen kämpften um das Privileg, Soldaten bei sich wohnen zu lassen, und zeigten uns alle möglichen Annehmlichkeiten. Schließlich konnte ich es mir nicht verkneifen, ihnen zu sagen, dass wir Deutsche waren. Sie rannten sofort weg, als ob eine Bombe in ihre Mitte gefallen wäre, und schrien: „Die Preußen! Die Preußen!“ Das war sehr lustig.

Dank meiner Erkundigungen beim Bürgermeister wurden Major Schmidt und sein ganzer Stab in einem komfortablen Bauernhof einquartiert, wo wir Essen und einen ausgezeichneten Wein fanden, den ich dem Major empfohlen hatte, uns zu schicken. Mehrere andere Offiziere des Bataillons kamen, um mit uns zu speisen, und dank des Weins waren viele bald völlig betrunken, darunter auch unser guter Major Schmidt. Gegen 1 Uhr musste ich nach Maucourt gehen, um Befehle zu erhalten, und ich erfuhr, dass wir um zwei Uhr aufbrechen sollten. Es war etwa ein Uhr fünfundvierzig, als ich Maucourt verließ. Ich ging zum Polizeiposten, um den Trompeter zu warnen und Alarm zu schlagen, und kehrte dann zum Major zurück. Ich fand sie alle betrunken und unfähig, mich zu verstehen. Dank Dr. Schäfer, der etwas weniger betrunken zu sein schien als die anderen, konnten wir Schmidt schließlich verständlich machen, was er zu tun hatte. Er befahl den Offizieren sofort, ihre Truppen innerhalb von zehn Minuten am Dorftor zu versammeln. Wir sollten um zwei Uhr aufbrechen, aber um zwei Uhr dreißig war das Bataillon noch nicht versammelt, denn während die Offiziere tranken, hatten die Soldaten dasselbe getan. Außerdem hatten sich viele faule Kerle nicht zum Appell gemeldet.

Bevor wir in Guiscard ankamen, mussten wir anhalten, um andere Truppen vorbeizulassen. Die meisten Offiziere und Soldaten warfen sich in die Gräben entlang der Straße, um ihren unterbrochenen Schlummer fortzusetzen und sich nüchtern zu schlafen. Es fehlte nur noch ein Schnappschuss.

Um acht Uhr fuhren wir durch Guiscard und Libermont.

XIII

ERCHEU-SOLENTE-CHAMPIEU

Dank unserer Artillerie war es für uns relativ einfach, in das Dorf Ercheu einzudringen, das wie die anderen Dörfer Schauplatz der üblichen Plünderungen war. Zu unserer Rechten stand die 25. Division unter dem Großherzog von Hessen-Darmstadt. Die Franzosen waren im Besitz von Solente, einer sehr günstigen Stellung. Die Hessen auf unserer rechten Seite waren besser positioniert als wir und konnten ein wenig vorrücken. Kaum hatte sich eine unserer Patrouillen herausgewagt, wurde sie sofort abgeschossen. Vergeblich wurde um Freiwillige gebeten; niemand meldete sich.

Um neun Uhr erhielten wir den förmlichen Befehl zum Angriff um Mitternacht. Löffelhardt, der uns den Befehl überbrachte, teilte uns mit, dass es in Nordfrankreich und Belgien nicht gut um uns stehe und dass die Kavallerie den Befehl erhalten habe, sofort mit der Eisenbahn abzureisen, da die englische Armee unerwarteten Widerstand leiste.

Die Schlacht von Solente fand also in der Nacht vom 24. zum 25. September 1914 statt. Sie war schrecklich. Franzosen und Deutsche kämpften mit blinder Wut, und keine Seite gab ein Pardon. Die heldenhafte Verteidigung der Franzosen fügte uns erneut schreckliche Verluste zu, und wir erreichten Solente um 5 Uhr morgens. Wir marschierten in Solente ein, indem wir buchstäblich über die Toten und Verwundeten hinweggingen.

Der älteste Sohn von Major Schmidt, der erst vor kurzem zum Bataillon gestoßen war, fand in diesem Schlachthaus den Tod. Der Kummer des Vaters war herzzerreißend. Denen, die ihn zu trösten versuchten, indem sie sagten, dass sein Sohn für sein Land gestorben sei, antwortete er: „Was kümmert mich euer Land? Wozu brauchen wir einen Krieg?"

Als ich Solente betrat, wurde ich Zeuge einer schrecklichen Szene. Ein deutscher Soldat war in ein Haus gegangen, um Kaffee zu kochen. In der Nähe des Ofens saß eine alte Frau aufrecht im Bett. Rechts neben ihr ein alter Mann in einem Stuhl. Etwa zwei Meter von dieser Gruppe entfernt saß eine junge Frau und stillte ihr Baby. Eine Granate, die im Zimmer explodiert war, hatte die alte Frau am Kopf tödlich verwundet, der alte Mann war in zwei Hälften geteilt, der Soldat lag tot am Boden, während die junge Frau mit abgeschlagenem Kopf auf ihrem Stuhl saß, aber das Baby in ihren Armen war völlig unversehrt. Niemand, der diesen schrecklichen Anblick sah, konnte sich des Weinens erwehren.

Den ganzen Tag des zwanzigsten Tages dauerte der erbitterte Kampf um den Besitz der Stadt Champieu, die wir Haus für Haus einnehmen mussten. Unsere Artillerie zielte sehr gut.

In der Nähe des Rathauses lagen die Leichen von mehr als sechzig Franzosen und sterbenden Pferden, die sich wohl unter den Verwundeten herumgetrieben hatten. Ein toter Franzose hielt noch einen deutschen Helm in seiner Hand. Gegenüber dieser Szene waren die Feldküchen eingerichtet, und betrunkene Soldaten sangen lauthals Kabarettlieder. Ein Grammophon lief und der Gefreite Schreiner von der 6. Kompanie spielte auf seinem Akkordeon einen Walzer. In einer Ecke skizzierte ein Münchner Maler in aller Ruhe die Szene. Vor jedem Haus lagen die Leichen von Franzosen und Deutschen auf einem Haufen. Eine junge Französin, die gerade aus einem Keller kam, in dem sie sich versteckt hatte, rief mitten auf der Straße: „Nieder mit den Hunnen!“ Sie wurde sofort zu Tode bajonettiert.

Viele Franzosen, die nur leichte Schussverletzungen erlitten hatten, wurden dennoch tot aufgefunden, die Brust von Bajonetten durchbohrt oder der Schädel von Musketenhieben zerschmettert. Der Befehl der Brigade, kein Pardon zu geben, wurde offenbar durch die Tötung der Verwundeten umgesetzt.

Am siebenundzwanzigsten Tag begruben wir die Toten. Die Erkennungsmarken der deutschen Soldaten wurden sorgfältig eingesammelt, aber niemand kümmerte sich um die Franzosen, die in Massen in die Gräben geworfen und mit Erde bedeckt wurden. Bei der Beerdigung von Reserveleutnant Beck und dem Sohn von Major Schmidt wurde eine bewegende Zeremonie abgehalten.

Eine Frau aus dem Dorf wurde verrückt und kam in eine Irrenanstalt. „Warum dieses Massaker, dieses Gemetzel? Was wollen diese Leute, die diesen Krieg begonnen haben, wirklich?", sagte Oberst Puder selbst, sehr betroffen über den Tod von Schmidts Sohn, um den er sich sehr gekümmert hatte.

XIV

ROYE

Am 30. September 1914 begannen wir mit dem Angriff auf Roye, an dem folgende Truppen teilnahmen: 80. Füsilier-, 81., 87. und 88. Infanterieregiment des 18. Armeekorps; 82., 83., 84. und 85. Infanterieregiment des 21. Es waren also acht Infanterieregimenter, ganz zu schweigen von der Artillerie, die zuvor die Stadt, insbesondere den nördlichen Teil, zerstört hatte. Dieses Bombardement hat den Franzosen viel Schaden zugefügt. Das Waisenhaus, das in ein Krankenhaus umgewandelt worden war, wurde angezündet und viele Verwundete wurden bei lebendigem Leib verbrannt.

Wir verließen die Stadt und verfolgten die Franzosen. Aber fast sofort mussten wir in einer Sandgrube an der Straße von Roye nach Amiens Schutz suchen.

Als wir aus Roye herauskamen, ergaben sich sechs französische Soldaten, die nicht in der Lage waren, zu ihren Kameraden zurückzukehren. Major Schlegler vom 3. Bataillon befahl den Soldaten, die in der Nähe standen, sofort, diese unglücklichen Männer zu erschießen. Aber keiner von ihnen wollte diesen barbarischen Befehl ausführen und alle versuchten zu fliehen. Dann erschoss Schlegler mit seinem

Revolver einen der französischen Soldaten und sagte zu seinen Männern: „Wenn ihr mir nicht gehorcht, bringe ich euch um wie ihn." Daraufhin wurden die restlichen fünf Gefangenen von den Soldaten niedergeschossen.

Schlegler konnte sich jedoch nicht lange mit seiner Grausamkeit brüsten, denn kaum war der letzte Gefangene gefallen, wurde er selbst von links erschossen. Er fiel seinerseits tot um. Leutnant Abraham hielt die Leichenrede: „Ein solcher Tod war zu schön für diesen Mörder."

Fast zur gleichen Zeit wurde Kédor schwer verwundet, sein rechter Unterarm wurde von einer Kugel zerschmettert. Die Soldaten zögerten nicht, zu sagen, dass der Mann, der auf ihn geschossen hatte, leider nicht genau genug gezielt hatte. Alle freuten sich darüber, und die Männer kamen auf ihn zu, lachten sich ins Fäustchen und fragten ihn scheinheilig: „Leidet der Leutnant sehr?"

„Nein", antwortete Kédor und machte ein schiefes Gesicht.

„Komm, komm, steh auf und zeig, dass du ein preußischer Offizier bist", sagte Schmidt.

Dieser zeigte auf seine rechte Hand, die gerade von einer vorbeifliegenden Granate leicht zerkratzt worden war, und fügte hinzu: „Jetzt habe ich genug von diesem miesen Geschäft, ich gehe nach Hause. Wer kämpfen will, der kämpfe! Ich nicht!"

Mit diesen Worten verabschiedete sich Schmidt von uns und ging ins Feldlazarett. Gleich danach reiste er nach Deutschland ab.

Am nächsten Tag erfuhren wir, dass Oberst Puder eine Krankheit vorgetäuscht hatte und ebenfalls nach Deutschland abgereist war.

Zu unserer Rechten hatte die 25. Division gerade Soyencourt und Fresnay-les-Roye eingenommen; die 87. nahm Parvillers ein.

Am 3. Oktober wird Oberstleutnant Brentano zum Kommandeur des 88. ernannt. Unser neuer Bataillonskommandeur ist Hauptmann Bartsch, eine ehemalige Ordonnanz des Kommandeurs der 21. Division.

An diesem Tag nahmen wir Quesnoy-en-Santerre ein, das in Trümmern lag. Wir fanden dort nichts außer etwas Geflügel.

Am 7. Oktober 1914 erhielten wir Verstärkung aus Mayence. Unter ihnen waren viele Soldaten, die bereits verwundet waren und sich erholt hatten. Sie zeigen keine Begeisterung.

Am 5. Oktober 1914 beginnt für uns der neue Grabenkrieg. Jedes Bataillon ruht zwei Tage hinter den Linien und ist dann vier Tage im Graben. Wir beziehen unser Quartier in Carrépuits, in der Nähe von Roye.

Vom 13. bis 26. Oktober blieben wir vor Quesnoy-en-Sanvterre.

Während dieser Zeit hatten die Truppen die große Aufgabe, die Gräben auszuheben und anzulegen.

Am 27. Oktober griffen uns die Franzosen gleichzeitig von drei Seiten an und wir verloren unsere Schützengräben der ersten Linie. Als wir diese Nachricht dem Regimentsadjutanten, Leutnant Anspach, mitteilten, sagte er: „Ihr seid eine Bande von Feiglingen und solltet euch schämen, Deutsche zu sein." Dieser Anspach, ein Kerl vom Typ Kédor, war selbst der größte Feigling im Regiment und verbrachte bei Gefechten die meiste Zeit in der Küche. Jetzt war er fast immer in einem Unterstand.

Am 28. Oktober befiehlt uns das Armeekorps anzugreifen, um unsere Schützengräben in der ersten Linie zurückzuerobern. Aber die Franzosen bereiteten uns einen schlechten Empfang. Wir wurden völlig geschlagen und ließen vierhundert Gefangene, zwei Geschütze und vier Maschinengewehre in den Händen des Feindes zurück. Wir verloren auch unseren gesamten Telefonapparat und mussten uns noch weiter zurückziehen, bis zu einem Ort etwa zweihundert Meter nördlich von Damery. Wir hatten zwei Tage lang nichts zu essen und vor uns lagen mehr als zweihundert deutsche Leichen. Schließlich wurden wir am 2. November abgelöst und bis zum 6. November zur Erholung nach Soyécourt geschickt. Nun mussten wir die Schützengräben zu regelrechten Festungen ausbauen. Sie mussten sehr tief sein und über Verbindungsgänge verfügen. Sowohl für die Soldaten als auch für die Offiziere wurden bequeme und sichere Unterstände gegraben. Es gab Türen, Betten, Stühle, Matratzen. In unserem Bataillon hatten wir sogar ein Klavier. Im Dezember wurde die Elektrizität installiert. Wir wurden dreimal am Tag bombardiert, aber die Granaten richteten keinen großen Schaden an. Jeden Abend um neun Uhr bekamen wir in der Küche eine warme Mahlzeit, dazu Tee, Rum und andere alkoholische Getränke. Um vier Uhr morgens brachte man uns heißen Kaffee. Einige Männer meinten, das Leben sei im Vergleich zu unseren früheren Leiden recht erträglich.

XV

DIE DEUTSCHEN IN ROYE

Wir verbrachten nun alle unsere Ruhezeiten in Roye selbst, trotz der Bombardierungen, und wir blieben dort vier Tage am Stück.

Ein Hauptmann der 80. wurde zum Gouverneur der Stadt ernannt. Er wählte als Bürgermeister einen Bäcker namens Lefevre und machte ihn für alles verantwortlich, was auftauchen könnte.

Er musste eine Liste aller Einwohner aufstellen. Alle Männer zwischen sechzehn und vierundvierzig wurden nach Deutschland geschickt. Alle anderen mussten für die Deutschen arbeiten.

Von Dezember an mussten alle Frauen für die deutschen Soldaten waschen. Sie verdienten einen Franc pro Tag, den die Stadt mit Gutscheinen bezahlte, während alle Beiträge in Silber oder Gold bezahlt werden mussten. Andere mussten Sandsäcke für die Schützengräben herstellen. Die Männer reinigten die Straßen und rissen Häuser ab, die zu stark beschädigt waren. Drei, die vom Bürgermeister ernannt wurden, fungierten als Polizisten.

Tatsächlich profitierten die Soldaten kaum von diesen Ruhezeiten, da sie jeden Tag eine Stunde Kompanie- und mindestens zwei Stunden Bataillonsübung hatten. Mittags gab es eine ärztliche Inspektion und einen Appell, um ein Uhr patriotisches Singen. Diese vorgeschriebenen Pflichten mussten erfüllt werden, egal ob es ein Bombardement gab oder nicht.

Unter dem Vorwand, der Kirchturm diene der französischen Artillerie als Zielscheibe, ordnete der Generalstabschef den Abriss der Kirche von Roye an. Unsere Ingenieure führten diesen Befehl mit großem Vergnügen aus, und bald waren nur noch die Fundamente des Gebäudes übrig. Die Stühle, das Gestühl, die Kanzel, die Beichtstühle und die Kirchenbänke wurden von den Soldaten als Brennholz verwendet.

Diese Männer zogen es vor, in den Schützengräben zu bleiben, anstatt sich hinter den Linien auszuruhen; dort waren sie wirklich besser vor Granaten geschützt und mussten außerdem nicht exerzieren.

Die Hauptquartiere der Bataillone und Kompanien wurden dauerhaft in Roye eingerichtet. Jeden Abend kamen die Hauptfeldwebel in die Schützengräben, um Bericht zu erstatten. Einige Männer, die bei den Unteroffizieren waren, wurden ständig der Polizei zugeteilt und liefen in der Stadt herum, liefen den Frauen nach oder betranken sich. Die Küchen und alle Dienststellen befanden sich ebenfalls in Roye.

Viele Unteroffiziere wie auch Offiziere verschafften

sich Mätressen, fast immer durch Drohungen und Gewalt.

Am 22. Dezember feierte unser Bataillon das Weihnachtsfest zwei Tage früher, weil wir am 24. in die Schützengräben zurückkehren mussten und es einfacher war, in der Stadt zu feiern. Der Hauptmann, der das Bataillon in Abwesenheit von Schmidt kommandierte (der nach seiner Genesung eine Abteilung in Ham kommandierte), sprach zu uns wie folgt:

„Liebe Genossinnen und Genossen:

„Wir können diesen deutschen Feiertag nicht im Kreise unserer Familien feiern. Eine Welt von Feinden hat sich gegen uns versammelt, um uns zu vernichten und unser Eigentum, unsere Frauen, unsere Kinder zu beschlagnahmen. Feiglinge, die sie sind, haben uns angegriffen, aber „wir haben ihnen gezeigt, dass wir immer noch dieselben alten Deutschen sind, die es verstehen, sich mit dem Schwert in der Hand zu verteidigen und ihr Land zu schützen. Wir kämpfen, und wir sind bereit, für diese heilige Sache zu sterben. Ich bitte euch, mit mir zu rufen:

„Lang lebe seine Majestät, Kaiser Wilhelm II.

„Hoch! Hoch! Hoch!“

Leutnant Nolte von den 6. Ulanen bedankte sich beim Hauptmann und dann stimmten einige Soldaten, die um ein Klavier gruppiert waren, das Lied an: „Stille Nacht, Heilige Nacht“.

Gerade als sie die letzte Strophe beendet hatten, schlug hinter der Mauer, auf dem Friedhof, eine Granate ein. Einige Soldaten, die hinausgegangen waren, kamen zurück und berichteten uns, dass mehrere Gräber aufgerissen worden waren und dass die Gliedmaßen und Überreste der Toten überall verstreut lagen. Dieser Vorfall trübte unsere Freude an dieser „Stillen Nacht“ etwas.

Als die Feier zu Ende war, gingen die Soldaten zurück zu ihren Kompanien, wo sie Bier und alkoholische Getränke in solchen Mengen bekamen, dass sie bald alle widerlich betrunken waren. Sie zogen durch die Straßen und klopften an die Türen von Häusern, von denen sie wussten, dass dort Frauen wohnten. Zwar waren, wie bei solchen Gelegenheiten üblich, Patrouillen angeordnet worden, aber die Patrouillen selbst und ihre Kommandanten waren genauso betrunken wie die anderen, und anstatt sie zu bestrafen, halfen sie ihnen, Lärm zu machen und Unruhe zu stiften.

In unserem Bataillon hatten wir einen „Bierabend“, bei dem alle Offiziere anwesend waren. Man weiß, was das ist. Solange es dauert, sollte man keine anderen Getränke zu sich nehmen. Aber es gab so viele andere Getränke, dass es den Offizieren bald genauso schlecht ging wie den Soldaten.

Am 24. Dezember 1914 kam unser neuer Chef, Major

Rogge, an. Er war ein ehemaliger Hauptmann der 65. Infanterie aus Köln, von wo er abkommandiert worden war, weil er zu grausam zu seinen Männern war. Dann war er zum Generalstab nach Berlin versetzt worden, wo er zum Bataillonschef ernannt wurde.

Danach wurde er Kommandeur des Forts in Stuttgart. Rogge, der ein großer Feigling war und zum ersten Mal an die Front kam, hatte große Angst vor Granaten. Wenn er eine kommen hörte, zuckte er zusammen wie eine Schlange. Die Soldaten lachten kaum, wenn Granaten in die Schützengräben fielen, aber wer Rogge sah, musste über ihn lachen. Sobald er in unserem Unterstand ankam, war seine erste Frage: „Kann man hier leben, ohne erschossen zu werden?“ Wir versuchten ihn zu beruhigen, indem wir ihm sagten, dass der Feind nicht auf uns, sondern auf Roye ziele. „Ihr habt eure Arbeit gut gemacht“, sagte er uns, „überall, wo ich gewesen bin, steht kein einziges Haus mehr. Was sind das für Gräber, die ich entlang der Straße gesehen habe, die mit Mützen oder Helmen gekennzeichnet sind? Erzählen Sie mir etwas über eine Schlacht? Was passiert da wirklich?“ Daraufhin gab ihm Leutnant Nolte eine erschreckende Schilderung, in der es an nichts fehlte - zerschmetterte Gliedmaßen, Schreie der Verwundeten, rasende Pferde, usw. „Stellen Sie sich vor, Herr Major, ich habe einen Mann in Tours gehen sehen, dem die Eingeweide aus dem offenen Bauch herauskamen.“ Rogge wollte nichts mehr hören; er wurde blass und Schweißtropfen rannen ihm über die Stirn. Während der ganzen Mahlzeit aß er nichts. Noltes Gerede hatte ihm den Appetit genommen. Aber er machte das wieder wett, indem er Wein trank wie ein Schluck Wasser. Nolte gab uns ein Zeichen, die Weinflaschen zu verstecken, denn es sah so aus, als würde Rogge nichts für den Rest von uns übriglassen. Es war erstaunlich zu sehen, wie viel dieser Mann trinken konnte - ein Profi hätte Angst gehabt, mit ihm zu konkurrieren.

Wäre es den Franzosen eingefallen, uns an diesem Abend anzugreifen, hätte es nicht viel Widerstand gegeben, obwohl wir vorsichtshalber die Wachen verdoppelt hatten.

Am 31. Dezember feierten wir Silvester in Gruny, in der Nähe von Soyécourt, wo wir uns ausruhten: Wir hörten das dumpfe Dröhnen der Kanonen, und der Himmel war mit roten und weißen Raketen übersät. Das hinderte die Soldaten nicht daran, ihre Gewehre zu Ehren des neuen Jahres, das uns Frieden bringen sollte, freudig in die Luft zu schießen.

Am Abend waren alle königlich betrunken. In unserem Bataillon waren wir alle um Rogge versammelt, der den Vorsitz führte. Ein betrunkener Soldat versuchte, sich mit seinem Gewehr Zutritt zu verschaffen. Nachdem er hinausgeworfen worden war, kam er mit einem Säbel zurück, und wenn nicht Dr. Wolkewiz meinen Arm ergriffen hätte, wäre ich ins Herz gestochen worden. Rogge wollte ihn erschießen lassen, aber seine Kameraden hatten ihn bereits versteckt. Dieser kleine Zwischenfall hinderte uns jedoch nicht daran, weiter Bier, Wein und Schnaps zu trinken. Bald rollten mehrere Offiziere unter den Tisch. Rogge war glücklich.

Die Soldaten taten dasselbe. Sie kämpften und machten die ganze Nacht einen ohrenbetäubenden Lärm. Hätte es Alarm gegeben, hätten wir keine einzige Kompanie zusammenbekommen.

Am 2. Januar schwebte ein französischer Flieger lange Zeit über unseren Linien. Unsere Artillerie zielt vergeblich auf ihn. Um ihn herum explodierten Granatsplitter, aber er wurde nicht getroffen. Nachdem er herausgefunden hatte, was er wissen wollte, stieg er auf und kehrte zu den französischen Linien zurück, um Bericht zu erstatten. Unsere Offiziere nannten die Artillerie wegen ihrer Unbeholfenheit „Schweine", „Abschaum" usw., aber sie lachten nur. Sie hatten zweifellos ihr Bestes getan, denn für jedes abgeschossene Flugzeug erhielt die Batterie ein Fass Bier.

Einige Tage später erhielten wir den Regimentsbefehl, unerwarteten Nachtalarm zu geben, wenn das Bataillon nicht auf dem Marsch war. Unter Schmidt hatten diese Alarme immer um neun Uhr stattgefunden, so dass die Männer eine Nachtruhe haben konnten. Schmidt war immer zufrieden. Aber mit Rogge war alles anders.

Am 2. Januar 1915 feierten wir das erste halbe Jahr des Krieges. Oberstabsfeldwebel Hauser, der Sekretär des Bataillons, ging im Namen aller Unteroffiziere zu Rogge, um ihn zu bitten, in dieser Nacht keinen Alarm auszulösen, weil die Unteroffiziere eine kleine Feier veranstalten wollten. Rogge versprach es. Und so hat er sein Versprechen gehalten.

Es scheint, dass die Unteroffiziere sehr viel getrunken haben. Aber bei uns musste man, sobald man sein Glas geleert hatte, es wieder auffüllen, denn Rogges großes Vergnügen war es, alle seine Gäste betrunken zu machen. Einige junge Leutnants baten um die Erlaubnis, zu Bett gehen zu dürfen, aber Rogge ließ niemanden gehen. Gegen 3 Uhr morgens war Leutnant von Stein so betrunken, dass er ins Bett getragen werden musste. Er sah aus wie ein Toter, denn er bewegte keinen Muskel mehr.

Das amüsierte Rogge sehr. Um vier Uhr befahl Rogge uns, Alarm zu schlagen. Wir erinnerten ihn an sein Versprechen, aber er antwortete: „Diese Bauernbande hat schon genug geschlafen; sie dürfen nicht vergessen, dass sie Soldaten sind.“ Die Sanitäter gingen sofort los, um die Kompanien zu warnen. Wir versuchten alles, um von Stein zu wecken, aber vergeblich. Er rührt sich nicht. Rogge befahl uns daraufhin, ihm einen Eimer Wasser über den Kopf zu schütten. Diese Maßnahme hatte keinen Erfolg; von Stein schnarchte weiter. Da sagte Rogge zu uns: „Lasst das Schwein dort, den Säufer, in Ruhe, denn es gibt keine Möglichkeit, ihn zu wecken.“

Wir begaben uns zum Sammelplatz, wo die Kompanien bereits versammelt waren. Aber die Soldaten murrten und viele fehlten. Gefreiter Merkel von der 8. Kompanie, den Leutnant Nolte daran erinnerte, dass er seinen Kochtopf vergessen hatte, antwortete:

„Ja, Herr Oberleutnant, aber ich bin nicht so betrunken wie einige andere.“ Der Offizier der 5. Kompanie fehlte, aber als Hauptfeldwebel Saltenberger dies dem Chef meldete, antwortete dieser: „Scher dich zum Teufel.“

Rogge sammelte die Offiziere und Unteroffiziere und sagte zu ihnen: „Meine Herren, das ist eine Schande. Wenn Sie und ich berichten können, dann können diese Bauern das sicher auch“.

Hauptfeldwebel Saltenberger versammelte die Unteroffiziere der 5. Kompanie und sprach sie, Rogge imitierend, wie folgt an: „Meine Herren, ich bin sehr zufrieden mit Ihrer Antwort auf den Alarm. Ich hatte Ihnen zwar versprochen, dass es keinen geben würde, aber trotzdem musste ich Ihren Schlaf stören. Ich bedaure, dass der Kommandant der 5. Kompanie ‚abwesend‘ war, denn das ist ein schwarzer Fleck für uns. Ich rate Ihnen, meine Herren, es ihm nicht gleichzutun, denn wir Vorgesetzten sollten, unabhängig von unserem Rang, immer mit gutem Beispiel vorangehen. Gute Nacht, meine Herren. Brecht die Reihen auf.“ Rogge, der alles gehört hatte, war wütend, konnte aber nichts tun. Ein paar Tage später wurde Oberfeldwebel Saltenberger vom Arzt wegen seiner Nerven für dienstuntauglich erklärt und nach Deutschland zurückgeschickt.

Unsere neue Stellung (zwischen Parvillers und Dumery) war noch gefährlicher. Den ganzen Tag und die ganze Nacht regneten Granaten auf die Schützengräben. Jeden Tag gab es zwischen zehn und zwanzig Tote und Verwundete. Am 12. Februar wurden wir für zwei Wochen zur Erholung nach Nesles geschickt. Die Stadt hatte nicht viel gelitten, aber die Einwohner beklagten sich bitterlich über die Truppen, die alles plünderten.

Am 24. Februar meldete sich Oberstleutnant Brentano krank und reiste nach Deutschland ab. Rogge wird zum Kommandeur des 88. ernannt. Er „räumt das Regiment aus", wie er sagt. Anspach, der Adjutant des Regiments, wurde zum Kommandeur der 7. Kompanie ernannt, und von Stein trat an Rogges Stelle. Nolte, obwohl nur Reserveoffizier, wurde zum Adjutanten von Rogge ernannt - eine unerhörte Sache, aber Rogge konnte nicht ohne ihn auskommen. Schiellein, ein Weinhändler aus Mayence, der bisher in der Quartiermeisterabteilung tätig war, verlor seinen Platz und wurde mit Anspach zur 7. Kompanie versetzt. Rogge tat dies, um sich an Schiellein zu rächen, da er diesem eine große Summe schuldete und dachte, seinen Gläubiger loszuwerden, indem er ihn in das Feuer schickte. Kurz zuvor hatte er Schiellein um mehrere Kisten Champagner gebeten, und dieser hatte sie ihm verweigert, weil er wusste, dass er sie niemals würde eintreiben können. Reserve-Leutnant Rickert, ein Theologiestudent, wurde zum Adjutanten des 2. Bataillons ernannt.

Bataillon ernannt. Am selben Tag gingen Rickert, Löffelhardt und ich zu Major Schmidt, dem Kommandeur einer Abteilung junger Rekruten in Ham, um mit ihm über all diese Veränderungen zu sprechen. Er sagte uns, dass es in zwei Tagen eine große Überprüfung geben würde und dass er dann darum bitten würde, zu seinem Bataillon zurückkehren zu können.

Die Prüfung fand in der Tat vor Großherzog Ludwig von Hessen statt, der sich sehr zufrieden mit Schmidts Rekruten zeigte und ihm eine Tapferkeitsmedaille verlieh. Da die Ausbildung der Rekruten abgeschlossen war, bat Schmidt um die Erlaubnis, das Kommando über sein ehemaliges Bataillon wieder übernehmen zu dürfen. Alle Soldaten freuten sich darüber, denn sie mochten ihn sehr und nannten ihn „Papa Schmidt".

Natürlich wurde das Verhältnis zwischen Schmidt und Rogge sehr angespannt. Sie hassten sich, und Rogge nutzte jede Gelegenheit, um Schmidt zu kritisieren.

XVI

DIE FORMIERUNG DER 56. DIVISION

Am 5. März erhielten wir den Befehl, unsere Gewehre und Munition wegzuwerfen, da wir stattdessen russische Geschütze bekommen sollten. Außerdem wurde uns befohlen, unser Lager weiter zu verlegen, da die drei Bataillone am nächsten Tag in drei Dörfern zwischen Ham und St. Quentin Quartier nehmen sollten. Das 2. Bataillonv sollte nach Fluquieres gehen. Die Konvois, die Munition für die Batterien des 210. Bataillons brachten, das in Soyencourt stationiert war, waren ebenfalls dort. Löffelhardt und ich suchten den Gouverneur von Ham auf, der gleichzeitig als Artillerieleutnant für die Verteilung der Munition zuständig war. Er wohnte in dem Schloss in Ham. Er begrüßte uns freundlich und teilte uns mit, dass Major Schmidt und seine Leute bei ihm im Schloss wohnen könnten. In dieser Nacht hörten wir zum ersten Mal seit dem 20. August 1914 die Kanonen nicht.

In der Stadt, in der wir ein Quartier für unsere Männer suchten, wurden wir von den Einwohnern schlecht empfangen, die sich darüber beklagten, dass sie in den letzten fünf Monaten ununterbrochen Soldaten beherbergen mussten. Ein Mann sagte zu mir: „Wir wissen nicht mehr, wie wir unsere Frauen und Töchter schützen können. Alle

Deutschen versuchen auf jede erdenkliche Weise, Mätressen zu bekommen. Der Kommandant unterstützt immer die Soldaten, und außerdem hält er selbst ein junges Mädchen, das er mit Gewalt zu seiner Geliebten gemacht hat, in seinem Schloss." Als wir den Kommandanten wiedersahen, erwähnten wir diese Angelegenheit. Lachend fragte er uns, ob unsere Offiziere auch Frauen jagten und in kleine französische Mädchen verliebt seien. Löffelhardt erklärte ihm, dass wir eine Kampfeinheit seien, und nicht in der Quartiermeisterabteilung, dass wir Krieg gegen Soldaten führten, nicht gegen Zivilisten und vor allem nicht gegen Frauen.

„Mein Freund, Sie sind amüsant", antwortete der Leutnant. „Auf jeden Fall werde ich meinen Engel vorsichtshalber verstecken, damit ihr nichts zustößt."

Damit verließ er uns, um zu tun, was er gesagt hatte. Wer war „sein Engel"? Wahrscheinlich ein unglückliches Mädchen, das er im Schloss festhielt.

Wir erzählten Schmidt davon, aber er zuckte nur mit den Schultern und sagte, dass jeder auf seine Weise Krieg führt. Da der Offizier uns den Aufenthalt in Ham so angenehm wie möglich gestaltete, sagte Schmidt nichts zu ihm.

Am 8. März wurden wir in Bohain einquartiert, wo wir eine Zeit lang blieben.

Am 11. März hatten wir zum ersten Mal unsere russischen Geschütze in der Hand. Die Einweisung in ihre

Handhabung begann sofort. Wir konnten nicht verstehen, warum sie uns so schlechte Gewehre gaben.

Am 15. März erhielten wir den folgenden Befehl:

„Die 35., 88. und 118. Infanterie, die beiden letztgenannten Regimenter, die zum 18. Korps gehören, werden die 112. Infanteriebrigade bilden, die Teil der 56. Jedes Bataillon soll zwanzig Mann stellen, die eine Radfahrerkompanie bilden und den Divisionsstab begleiten werden. Die 56. Division wird auch eine Schwadron der 13. Husaren und die 111. und 112. Artillerieregimenter umfassen, denen jeweils drei schwere Batterien zusätzlich zu ihren regulären Batterien zugeteilt werden."

Der Kommandeur der neuen Division war General Eberhard, der Ausbilder von Prinz Joachim von Preußen gewesen war. Der Kommandeur der Brigade war Oberst Munter, der seit Dezember 1914 die 41. Brigade befehligte.

Am 19. März erhielten wir den Befehl, am Morgen abmarschbereit zu sein.

Unser Bataillon, das sich bis dahin recht anständig verhalten hatte, verdarb seinen Ruf, als es Bohain verließ, indem es eine große Menge Wein stahl. Einige Männer der 7. Kompanie brachen die Tür eines Kellers auf, der vom Kommandanten versiegelt worden war, und bemächtigten sich des gesamten Weins, den sie dort fanden. Fast „die ganze Kompanie war betrunken". Der Hauptfeldwebel namens Dombach ließ zweihundert Flaschen Wein auf einen Wagen laden, in der Erwartung, sie später mit seinen Freunden zu trinken. Aber er rührte nicht eine einzige an, denn wir erzählten Major Schmidt davon, und er befahl, alles für den Bataillonsstab mitzunehmen. Wir waren es also, die den gestohlenen Wein tranken.

Um 14.00 Uhr nehmen wir den Zug nach Cateau, Charleville, Sedan und Attigny, wo wir einen Zwischenstopp einlegen müssen.

Die Fahrt war düster, und der Zug trug keine Aufschriften mehr, wie die auf dem Zug, der uns im August 1914 nach Luxemburg brachte: „Express nach Paris" oder „Kriegserklärungen hier empfangen".

Nur die Natur schien vom Krieg nichts mitzubekommen, denn die Wiesen und Getreidefelder begannen gerade zu grünen.

XVII

GIVRY

Gegen 22 Uhr wurde uns befohlen, uns bereit zu machen, um Attigny in Richtung Givry zu verlassen, wo wir bis auf weiteren Befehl bleiben sollten. Löffelhardt und ich machten uns auf den Weg, um ein Quartier für unseren Stab zu suchen und einen Stall für einhundertzwanzig Pferde zu finden.

Der Gouverneur, ein Hauptmann der Kavallerie, hielt es für angebracht, Schmidt in einem schmutzigen Zimmer unterzubringen, in dem bereits eine kranke Frau wohnte, während wir anderen, einschließlich des Arztes, bei den Männern in der Scheune schlafen mussten. Schmidts Wut kann man sich vorstellen. Er war umso wütender, als direkt gegenüber von ihm ein junger Kavallerie-Leutnant ganz allein in einem Hotel herumstolzierte. Am nächsten Tag teilte er dem Gouverneur mit, dass er das Hotel sofort räumen lassen wolle, um Platz für sich und seinen Stab zu schaffen. Dem hochmütigen Leutnant wurde befohlen, sich bis zum Mittag aus dem Staub zu machen. Dieser machte sich dann daran, das Hotel zu entrümpeln und das gesamte Mobiliar nach draußen zu tragen, wobei auch der „deutsche Ofen“ nicht vergessen wurde. Da ich wusste, dass es unmöglich sein würde, auch nur einen einzigen Stuhl im Dorf zu finden, warnte ich Schmidt vor der Aktion des Leutnants, der daraufhin einen Wächter mit geladenen Gewehren vor dem Hotel postierte und den Befehl gab, jeden zu erschießen, der versuchte, irgendetwas wegzutragen. Er sagte mir, ich solle den Leutnant über diesen Befehl informieren. Kaum hatte ich meine Nachricht überbracht, brüllte mich dieser Kerl frech an:

„Und wer sind Sie, mein guter Freund? Gehen Sie mir sofort aus dem Weg, oder ich schlage Ihnen mit meiner Gerte ins Gesicht.

Vergeblich erklärte ich ihm, dass ich ihm nur Schmidts Botschaft überbringen wollte. Er wollte auf nichts hören, was ich sagte.

Als Schmidt dies erfuhr, schickte er mich mit Rickert zurück und befahl, den Leutnant zu ihm zu bringen, wenn nötig mit Gewalt.

Als er Rickert erblickte, salutierte der Kavallerie-Leutnant höflich und folgte ihm ohne jeden Protest.

Wir hatten Schmidt noch nie in solcher Wut gesehen. Er schrie so laut, dass alle Soldaten, die sich zufällig auf der Straße befanden, in Deckung gingen; sie erwarteten, dass er den Leutnant mit der Gerte schlagen würde, und sie wollten nicht gegen ihn aussagen müssen.

Sobald der Leutnant auftauchte, schrie Schmidt ihn an: „Wie kannst du es wagen, du elender Faulpelz, jeden zu beleidigen und zu bedrohen, der in meinem Namen kommt?

Bleiben Sie stehen, keinen Schritt, sonst klage ich Sie des Ungehorsams an. Nennen Sie mir Ihren Namen! Was hast du hier zu suchen? Wie können Sie die Frechheit besitzen, dieses Haus zu entblößen?“ In seiner Verzweiflung fuchtelte Schmidt mit der Gerte herum.

Der Leutnant antwortet: „Ich habe die Ehre, dem Major zu melden, dass ich die Betten, das Klavier und alle Möbel sowie den Ofen und alle Weine des Hauses entfernen ließ, weil ich sie als mein Eigentum betrachte.“

„Schämen Sie sich nicht“, antwortete Schmidt, „so zu lügen - aber nein, Sie haben recht - wir fangen gerade erst an, herauszufinden, dass Sie alle in der Quartiermeisterabteilung und in der Nachhut nichts anderes sind als eine Bande schamloser Räuber, die den Ruf der deutschen Armee ruinieren, während uns in den Schützengräben die Kinnladen gebrochen werden. Sieh zu, dass das Hotel in einer Stunde in Ordnung ist und dass keine Stecknadel fehlt, sonst zeige ich dich wegen Diebstahls an, und das wird dich lehren, tapfere Soldaten wie uns, die gerade von der Front kommen, zu zerfleischen und herauszufordern.“ Nachdem wir uns in seinem Quartier eingerichtet hatten, bat mich Schmidt, mein Bestes zu tun, um Eier für das Frühstück zu finden, und so ging ich zum Haus eines Dorfbewohners, der einige Hühner hatte.

„Ich sage Ihnen, Herr“, sagte er, „ich habe einige Hühner, aber ich darf sie nicht verkaufen, verschenken oder selbst essen, und dasselbe gilt für die Eier. Alles steht dem Gouverneur zur Verfügung, der jede Woche einen Pfleger schickt, um zu sehen, ob ich meine Quote noch habe. Fehlt ein einziges, muss ich hundert Mark zahlen." Schmidt, der Lust hatte, Missständen ein Ende zu setzen, zettelte einen Streit im Haus des Gouverneurs an und brachte ihn dazu, seinen Befehl zu widerrufen. Der dankbare Dorfbewohner schickte Schmidt einen Korb mit Eiern.

In Givry wurde ich zum ersten Mal Zeuge eines Falles von Insubordination. Ein Soldat warf sein Gewehr vor Leutnant Schaller, dem Kommandeur der 2. Kompanie, nieder und sagte: „Hier ist dein altes Gewehr - steck mich ins Gefängnis; ich bin es leid, wie ein Kind behandelt zu werden." Schaller ließ den Mann verhaften und nach der Übung dem Major vorführen.

„Nun, mein guter Freund", sagte Schmidt, „was ist in Sie gefahren? Ich werde Ihnen eine Kostprobe der Strafe geben, die Sie verdienen, aber wegen Ihrer Frau und Ihrer Kinder wird Leutnant Schaller die Beschwerde nicht weiterverfolgen." Der Mann war mit den Händen auf dem Rücken an einen Baum gefesselt, und in seiner Nähe war ein Wächter mit einem geladenen Gewehr postiert. Der Wächter saß auf einem Stuhl und rauchte eine Zigarre, was dem Soldaten zeigte, dass er sich wie ein Narr benommen hatte und dass es besser war, Befehle zu befolgen. Am zweiundzwanzigsten Tag wurden wir nach Savigny beordert, weil unsere Division bald in die Schützengräben zurückkehren sollte. Gegen zwei Uhr wollten Löffelhardt und ich nach Vouziers gehen, aber ein Polizist hielt uns auf. Zu diesem Zeitpunkt durfte niemand die Stadt betreten, weil der Kaiser gerade die Wache inspizierte. Außerordentliche Vorsichtsmaßnahmen wurden getroffen, um die Sicherheit des Kaisers zu gewährleisten. Ein Geschwader deutscher Flugzeuge überflog Vouziers während seines gesamten Aufenthalts, und er wurde durch eine regelrechte Eisenmauer geschützt. Am folgenden Tag meldete das Ardennes Journal, eine deutsche Zeitung in französischer Sprache, dass seine Majestät sich an die Ringlinie begeben hatte (Vouziers war damals kaum zwanzig Kilometer von der Front entfernt) und die Eisernen Kreuze an seine tapferen Gardesoldaten verteilt hatte (dieselben, die bei Reims geflohen waren und die die Festung von Brimont verloren hatten, die wir wieder einnehmen mussten). Vouziers wird häufig von französischen Fliegern bombardiert. Dort befand sich das Hauptquartier von General von Einem, dem Kommandanten der Dritten Armee.

Nach der Besprechung betreten wir Vouziers. Die Soldaten der Garde liefen durch die Straßen, die meisten von ihnen betrunken, denn nach der Parade war großzügig Bier verteilt worden.

In Savigny gab Kédor, der genug von den Schützengräben hatte, vor, sein verwundeter Arm hindere ihn am Reiten, und wurde nach Mayence geschickt.

XVIII

IN CHAMPAGNE

Am 25. März 1915 nehmen wir unseren neuen Sektor zwischen Le Mesnil-les-Hurlus und Ville-sur-Tourbe, im Volksmund „Teufelsloch“ genannt, in Besitz. Es war eine üble Stellung, ein Ort, der wie geschaffen war, um sich das Genick zu brechen. Man war dort kaum geschützt und hatte so gut wie keine Kommunikation mit der Nachhut. Während der vier Tage, die wir in den Schützengräben der ersten Linie verbrachten, konnten wir nichts aus den Küchen bekommen. Jeder Mann bekam, bevor er loszog, einen drei Pfund schweren Laib Brot, etwas Fett (Butter oder Käse), seine Feldflasche und zwei mit Kaffee gefüllte Flaschen. Das musste ihm für vier Tage genügen. Die Männer waren zum Angriff bereit, ihre Mäntel aufgerollt und ihre Taschen mit Handgranaten gefüllt. Hinter dieser Stellung gab es eine zweite, die „Unterstützung“ genannt wurde. In den Schützengräben der dritten Linie schließlich befanden sich die Reserven. Wir wurden sofort in die erste Linie geschickt. Seit Beginn des Krieges waren wir noch nie an einem so schrecklichen Ort gewesen. Wir waren von allen Seiten von den Leichen toter Deutscher und Franzosen umgeben, und da unsere Gräben kaum sechzig Zentimeter tief waren, mussten wir die Toten oft als Schutzwall benutzen. All diese Leichen, die nicht begraben waren, boten einen schrecklichen Anblick. Ich weiß nicht, was uns davor bewahrt hat, verrückt zu werden. Die französischen Linien waren kaum zwanzig bis dreißig Meter von uns entfernt. Da die beiden Linien nicht gerade verliefen, sondern alle möglichen Kurven machten, kam der Tod von allen Seiten auf uns zu, ohne dass wir je unterscheiden konnten, ob es sich um französische oder deutsche Kugeln handelte. Die Gräben waren so tief, dass es unmöglich war, aufrecht zu gehen, und wir mussten kriechen oder uns hochziehen. Wir hatten keinen Unterschlupf, er wäre auch nutzlos gewesen, denn die französische Artillerie, die nie aufhörte zu schießen, hätte ihn zerstört, und außerdem, wie hätte man das Material zu uns bringen können? Jeder einzelne Mann, der die Schützengräben erreichen wollte, musste zwischen den Toten hindurchschlüpfen. ~ An verschiedenen Stellen halfen Arme und Beine, die aus dem Boden ragten, den Weg zu weisen. Wir sagten zum Beispiel: „Ein paar Meter weiter links siehst du eine Hand mit einem Ehering aus dem Boden ragen: Der linke Flügel des Bataillons befindet sich etwa zwanzig Meter in gerader Linie von dort.“ Um zu schießen, mussten wir rechts und links Leichen beiseiteschieben, und da niemand wusste, wohin er schoss, töteten viele Soldaten wegen der unregelmäßigen Linie ihre eigenen Kameraden.

Am meisten hatten wir Angst vor den Bomben der Flugzeuge. Wir hörten, wie sie losgingen, und plötzlich sahen wir ganz schwach eine Art Flasche weit oben am Himmel, die, langsam eine Parabel beschreibend, in den Schützengräben landete und explodierte. Hätten wir sofort, als wir sie kommen sahen, einen Unterschlupf suchen können, hätten wir vielleicht eine Chance gehabt, aber wohin sollten wir gehen? Als die Bombe explodiert war, richteten sich alle Männer, die sich auf den Boden gelegt hatten, auf, um den Schaden zu sehen. Es war ein schrecklicher Anblick. Einmal, so erinnere ich mich, sah ich zwei Männer in winzige Stücke zerschnitten, und ein dritter war so furchtbar durchlöchert, dass sein Körper wie ein Sieb aussah. Der Kopf eines der toten Männer konnte nicht gefunden werden. Da man niemanden begraben konnte, warf man die Leichen einfach vor oder hinter die Schützengräben. Es ist unmöglich, unser Leid und unsere Qualen während dieser vier Tage zu beschreiben.

Endlich kam der Moment, in dem wir dieser Hölle entkommen konnten. Aber es dauerte mehr als drei Stunden, bis wir aus den Gräben herauskamen, denn wir mussten große Vorsichtsmaßnahmen treffen. Das Schlachtfeld wurde wirklich ununterbrochen von französischen und deutschen Raketen beleuchtet, und um zu entkommen, mussten wir im Gänsemarsch zwischen den Leichen hindurchkriechen, so dass wir wie eine Gespensterprozession aussahen. Wenn einer unserer Männer verwundet war, mussten wir ihn dort sterben lassen, denn es wäre unmöglich gewesen, ihn zur zweiten Linie zu tragen, ohne unser eigenes Leben zu riskieren. Wir hatten alle nur den einen Gedanken, so schnell wie möglich etwas zu essen zu bekommen, denn wir waren buchstäblich am Verhungern, da wir in den ersten zwei Tagen fast alle Vorräte aufgegessen hatten. Endlich kamen wir an eine Stelle, an der ein Maschinengewehr aufgestellt war und wo der Boden es uns erlaubte, aufrecht zu gehen und schneller voranzukommen. Leider regneten die französischen Granaten weiter und töteten viele unserer Männer. Endlich war diese schlimme halbe Stunde vorbei und wir erreichten die Hilfsstellung. Diese bildete eigentlich einen Teil der ersten Linie, denn wir waren immer noch nur sechzig oder achtzig Meter von den Franzosen entfernt, aber hier gab es Unterstände, und wir waren in relativer Sicherheit. Die Fliegerbomben konnten uns nicht mehr erreichen, aber die Granaten und vor allem die Schrapnells prasselten unaufhörlich auf uns nieder; die Bahrenträger und Krankenschwestern hatten so viel zu tun, dass sie sich nicht einmal Zeit zum Essen nehmen konnten. Die Verwundeten wurden nach hinten transportiert, und die Toten wurden auf dem Regimentsfriedhof begraben, der hinter dem Schutz von Schmidts Stab angelegt worden war. Jedem Mann wurde ein Helm oder ein Splitter der Granate, die ihn getötet hatte, mit auf das Grab gelegt.

Eines Tages war ich bei der Beerdigung eines Unteroffiziers der 2. Kompanie anwesend, der gerade gefallen war. Von allen Seiten regnete es Granaten auf uns, während mehrere deutsche Flieger, die gerade vor Ort eingetroffen waren, versuchten, die Franzosen anzugreifen. Während die Soldaten eine Art Trauerhymne sangen und den Leichnam ins Grab legten, fiel eine Bombe in unsere Mitte und tötete sechs Männer und verwundete ebenso viele. Wir ließen den Leichnam liegen, ohne die Zeremonie fortzusetzen, und alle eilten in den Schutzraum, während ein regelrechter Sturm französischer Granaten auf den Friedhof niederging.

Nach acht Tagen, wenn man die Zeit mitzählt, die wir in den Schützengräben der ersten Linie verbracht haben, wurden wir nach Ripont geschickt, um vier Tage zu ruhen. Es wäre besser gewesen, uns dort zu lassen, wo wir waren, denn in Ripont gab es keinen Unterschlupf und die französische Artillerie war genauso schlimm. Trotzdem konnten wir uns zum ersten Mal seit zwölf Tagen rasieren. Wenn die Artillerie nicht schoss, spielten die Soldaten Karten oder reinigten ihre neuen russischen Gewehre. Diese gingen oft von selbst los und verursachten mehrere Unfälle. Wegen des ständigen Regens brauchten wir nicht zu exerzieren.

Nach der Ruhezeit mussten wir in unser „Teufelsloch" zurückkehren, wo wir in den ersten vier Tagen acht Tote und ebenso viele Verwundete verloren hatten. Alle Soldaten waren niedergeschlagen und entmutigt. Kaum waren wir angekommen, wies uns Rogge an, uns auf einen Nachtangriff vorzubereiten. Die Männer bekamen eine Mischung aus Tee und etwa neunzigprozentigem Alkohol. Unser Angriff, der keinen Erfolg hatte, wurde von Hauptmann Baron von der Recke angeführt, der schwer verwundet wurde. Am nächsten Tag kam ein Befehl vom 8. Reserve-Armeekorps, dem wir eingegliedert worden waren. Der General beklagte sich über die Feigheit des Bataillons, das beim Angriff gescheitert war, und gab uns zu verstehen, dass wir noch größere Anstrengungen unternehmen müssten, um die Franzosen zurückzudrängen, denen es gelungen war, in unseren Teil der Linien einzudringen. Die Soldaten waren untröstlich und viele schrieben nach Hause, weil sie dachten, dass es vielleicht das letzte Mal war. An diesem Abend enthielt der Tee noch mehr Alkohol. Außerdem erhielt jede Gruppe von acht Mann kurz vor dem Angriff eine Flasche Cognac, so dass sie alle zu wahren Bestien wurden. Um elf Uhr krochen wir wie Gespenster aus unseren Löchern und schlüpften zwischen den Leichen hindurch. Wir lagen auf dem Bauch, die Messer zwischen den Zähnen, die Taschen mit den Handgranaten in der Hand, und hielten uns an den Rippen fest, bis der Befehl zum Vormarsch gegeben wurde. Unsere Männer benahmen sich wie wilde Tiere. Es war befohlen worden, niemanden zu schonen, und selbst die Verwundeten wurden getötet. Aber die Franzosen verteidigten sich wie Löwen, und wir mussten nachgeben. Das einzige Ergebnis war, dass etwa die Hälfte des Bataillons getötet oder verwundet wurde oder in Gefangenschaft geriet. Wir mussten zu unseren Linien zurückkehren und zwischen den Toten hindurchkriechen. Franzosen und Deutsche schossen helle Raketen in die Luft, so dass die Nacht zum Tag wurde. Das 35. und 80. Regiment zu unserer Linken und das 18. zu unserer Rechten hörten die ganze Nacht hindurch nicht auf zu schießen, und die Artillerie und die französischen Maschinengewehre verursachten auf ihrer Seite eine große Unruhe. Schmidt sagte: „Gibt es nicht auch für uns eine Kugel? Wann wird dieses Gemetzel enden?“

Diesmal wurden wir zwischen Gratreuil und Ripont zur Rast geschickt, an einem Ort, an dem die Ingenieure riesige unterirdische Bunker gegraben hatten, die jeweils zweihundertfünfzig Mann fassten. Diese Unterstände waren mit Erde und Baumstämmen bedeckt und lagen außerhalb der Reichweite der Granaten.

Kaum waren wir dort angekommen, befahl ein Befehl der 56. Division, Schmidt solle sich krankmelden und sofort nach Vouziers aufbrechen. Rogge hatte sich beschwert und Schmidt vorgeworfen, durch seine Unfähigkeit unsere Nachtangriffe zum Scheitern gebracht zu haben. Schmidt wurde zurückgeschickt, aber er hatte nichts Besseres zu tun und hatte sich mehrmals geweigert, Rogges Befehle auszuführen. Einmal hatte er sogar in meinem Beisein gesagt, dass er genug von allem habe und nur zu seiner Familie nach Wiesbaden zurückgeschickt werden wolle.

Eger, der zu Beginn des Krieges nur Leutnant war, wurde anstelle von Schmidt zum Bataillonschef ernannt. Er benahm sich sofort wie ein Rohling. Am ersten Tag seines Kommandos ließ er die Musikkapelle aufspielen und zwang das Bataillon zum Stechschritt, während die Granaten auf sie einprasselten. Bei jeder vorbeizischenden Granate zitterten die Männer, aber Eger tat so, als würde er es nicht bemerken. Er schrie sie an, dass das, was sie taten, kein Stechschritt sei, sondern ein regelrechter Trauermarsch. Das stimmte nur zu gut, denn plötzlich schlug links eine Granate ein und tötete drei Männer der achten Kompanie. Die in der Nähe Stehenden waren blutüberströmt und einige von ihnen waren verwundet und tot. Dennoch setzte Eger die Parade fort, als ob nichts geschehen wäre, und ordnete an, die Namen der zehn oder zwanzig verschwundenen Männer zu notieren, damit sie streng bestraft werden konnten. Was die drei Toten betrifft, so hielt Eger die Trauerrede, indem er zu den anderen Soldaten sagte: „Nehmt diese drei Schweine mit, die nicht genug wussten, um im Kampf zu fallen, und beeilt euch damit, denn unsere Übung ist noch nicht zu Ende. Sonst überfahre ich euch mit meinem Pferd und mache euch alle platt, ihr Bauernbande."

Auf diese Weise feierte Eger seine Beförderung zum Kommandeur des 2. Bataillons. Sechs Monate später, noch in der Champagne, wusste er selbst nicht genug, um sich von einem französischen Soldaten töten zu lassen, denn eine deutsche Kugel traf sein Herz.

Wenn er in die Schützengräben ging, hatte er immer etwas zu kritisieren. Er ließ sich von den Soldaten eine kleine Hütte über seinem Unterstand bauen, „um ein wenig frische Luft zu atmen", wie er sagte. Er blieb nur dort, wenn die Franzosen nicht kämpften. Sie zerstörten seine Hütte, bevor zwei Tage vergangen waren. Am nächsten Tag wurde ein Zettel gefunden, der an einen der noch stehenden Balken genagelt war: „Wenn ihr euch lüften wollt, geht in die Schützengräben, anstatt euch vor die Toten zu setzen und sie auszulachen. Wir sind Patrioten, die für unser Land kämpfen, keine Feiglinge."

Eger, halb wahnsinnig vor Wut, sagte, dass alle diese Schweine zu viel gegessen und getrunken hätten und dass er einen Weg finden würde, jedes einzelne von ihnen zu töten. „Heute Abend“, sagte er, „werde ich sie alle so behandeln, wie sie es verdienen.“

Das war seine Rache, die Rache eines echten Säufers. Jeden Tag bekamen die Unternehmen etwas Rum. An diesem Abend ließ er nur sechs Flaschen an jede Kompanie verteilen. Der Rest wurde in unserer Unterkunft getrunken. Eger hatte alle Offiziere eingeladen. Bald waren er und der achtzehnjährige Leutnant Boettger so betrunken, dass sie in einen Streit gerieten und sich prügeln wollten. Boettger wurde hinausgeworfen und im Graben liegen gelassen, als wäre er tot, damit die frische Luft ihn wiederbeleben konnte. Eger wurde in eine Ecke gedrängt. Leutnant Tietz von der 6. Kompanie und Leutnant Schaeffer von der 7. wollten ihn sogar fesseln, um ihn zum Schweigen zu bringen.

Die deutschen Zeitungen sind voll von Erzählungen über solche Auseinandersetzungen, die immer den Russen zugeschrieben werden. Aber auch in unserer Armee kam es zuweilen zu solchen Auseinandersetzungen, die im Übrigen durch den den Soldaten gestohlenen Rum ausgelöst wurden.

Seit mehreren Tagen war die Nachricht im Umlauf, dass wir abgelöst und in die Vogesen oder nach Arras geschickt werden sollten. Keiner wusste genau, was passieren würde. Schließlich wurden wir am 2. Mai 1915 durch das 65. Reserveregiment abgelöst. Wir sollten am 3. Mai in Richtung Somme-Py abrücken. Somme-Py. Wir wussten nicht, wohin wir gehen würden, aber wir waren alle glücklich bei dem Gedanken, diese Hölle zu verlassen, in der so viele von uns getötet worden waren. Gegen sechs Uhr wurde bekannt gegeben, dass Lodz gerade von den Deutschen eingenommen worden war. Alle versammelten Soldaten schrien „Hurra!“. Aber ein Sturm französischer Granaten fiel auf uns, und die Hurra-Rufe wurden durch das Schreien und Stöhnen der Verwundeten ersetzt. Es waren zwei Unteroffiziere, Müller und Wolff, beide von der 6. Kompanie; dem einen wurde der rechte Arm abgeschossen, dem anderen beide Beine zerschmettert. Beide erwarteten ihre Ernennung zum Unterleutnant.

Am Abend des 2. Mai brachen wir nach Somme-Py auf.

XIX

QUER DURCH DEUTSCHLAND UND ÖSTERREICH

Am 2. Mai 1915, gegen sieben Uhr, erreichten wir die Ruinen von Somme-Py. Wir aßen eine Suppe und stiegen dann in den Zug, der auf uns wartete und gegen zwei Uhr abfahren sollte. Aber zuerst kümmerten wir uns um das Verladen des Gepäcks und der Pferde. Es ist ein seltsames Gefühl, zu reisen, ohne zu wissen, wohin man geht. Einige sagten, wir würden nach Arras gehen, weil die Männer aus Wurtemburg es nicht mehr aushalten würden. Andere behaupteten, aus zuverlässiger Quelle zu wissen, dass wir ins Elsass gehen würden. Diejenigen, die nichts sagten, waren die Vernünftigsten, denn selbst die Bahnhofsbeamten kannten nur den Namen des nächsten Bahnhofs, an dem wir anhalten sollten, um etwas zu essen. Unser Zug wurde von Soldaten der 3. Pioniere bis nach Sedan geführt. Danach waren wir in den Händen von Staatsbeamten.

In Sedan gab es einen zweistündigen Halt. Der Bahnhof wurde von Soldaten bewacht, und niemand durfte in die Stadt gehen. Uns wurde befohlen, unsere Abzeichen und Insignien abzulegen, denn niemand sollte wissen, wer wir waren oder woher wir kamen. Das war eine ausgezeichnete Methode, um Spione zu verwirren.

Um zehn Uhr verließen wir Sedan, und am nächsten Morgen um vier Uhr kamen wir durch Sarrelouis, wo Kaffee serviert wurde. Am Tag zuvor hatte alles um uns herum Ruin und Verwüstung bedeutet. Heute waren wir wieder in der Zivilisation, weit weg vom Krieg und dem Donner der Kanonen. Wir konnten unseren Augen kaum trauen. Die Damen vom Roten Kreuz waren sehr verständnisvoll, als wir ihnen erzählten, dass wir aus der Champagne kamen. Der Kaffee war ausgezeichnet, und die Soldaten tranken, so viel sie wollten. Um sechs Uhr ritten wir weiter in Richtung Kaiserslautern. Jetzt waren wir sicher, dass wir nach Russland fuhren, entweder zu den Karpaten oder weiter nach Serbien. Die Soldaten freuten sich, denn sie wussten, dass die Kämpfe an der Ostfront bei weitem nicht so hart waren wie in Frankreich. Sie sangen und schienen plötzlich alle Schrecken des Krieges vergessen zu haben. Am seltsamsten erschien uns, dass wir das Zischen der Granaten über unseren Köpfen nicht mehr hörten.

Um elf Uhr kamen wir in Kaiserslautern an, wo Zahlmeister Herbert, Rickert und ich angewiesen wurden, den Proviant auf die verschiedenen Kompanien zu verteilen. Das ging sehr gut und schnell, denn alles war im Voraus vorbereitet worden. Im Bahnhofsrestaurant war ein Essen für uns vorbereitet worden, und Sie können sicher sein, dass wir keinen einzigen Krümel auf unseren Tellern zurückgelassen haben.

Nach dem Essen machten wir einen kleinen Spaziergang auf dem Bahnsteig, um uns zu erholen. Viele Verwundete kamen aus den Argonnen und den Vogesen, wo sie viel gelitten hatten. Um einen der Bahrenträger hatte sich eine Menschenmenge gebildet. Ich gehe hin, und eine Krankenschwester vom Roten Kreuz sagt mir: „Das ist ein verwundeter Franzose, der kein Deutsch kann." Ich ging näher heran und sprach französisch mit diesem Soldaten, dem ich sagte, dass er nichts zu befürchten habe, denn in Wirklichkeit seien in Deutschland nur die Engländer verhasst. Der Mann sagte mir, dass in Frankreich jeder sicher sei, den Krieg zu gewinnen und das Elsass und Lothringen zurückzubekommen.

Auf dem ganzen Weg von Klein-Steinheim nach Hanau freuten sich die Soldaten auf die Durchfahrt durch unser Depot. Sie hofften, ihre Eltern und Ehefrauen zu sehen und zu küssen. Überall entlang der Gleise hatte sich eine Menge Zivilisten versammelt, um das 2. Ich weiß nicht, wie sie von unserer Ankunft erfahren haben. Der Zug fuhr sehr langsam inmitten der Jubelrufe der Soldaten und Zivilisten.

Am Bahnhof erwarteten uns verwundete Soldaten unseres Bataillons. Angehörige und Freunde waren auf dem Bahnsteig zugelassen worden. Man kann sich vorstellen, welche herzzerreißenden Szenen sich abspielten. Das Essen, das den Männern serviert wurde, war ausgezeichnet - bei weitem das Beste der ganzen Reise. Zivilisten überhäuften uns mit Leckereien und Geschenken.

Am 5. Mai verließen wir Hanau um acht Uhr. Wir fuhren durch Chemnitz und Görlitz. In letzterem Ort war der Aufenthalt ziemlich lang, da der Bahnhof mit der Miliz besetzt war, so dass niemand hinausgehen konnte. Zwei unserer Männer schafften es, sich durch die Wache zu schleichen. Sie wurden von der Miliz angehalten und von sechs Männern mit aufgesteckten Bajonetten zum Bahnhof gebracht. Eger fragte sie:

„Warum seid ihr ausgegangen?“ „Wir wollten einkaufen gehen“, antworteten sie. „Und ihr habt euch von diesen Zivilisten verhaften lassen.“ (Das war Egers Bezeichnung für alle kampffreien Truppen.) „Schämt ihr euch nicht, in meinem Bataillon zu sein und euch von diesen Eseln einsperren zu lassen, die überhaupt nicht im Krieg waren?“ Eger schickte die beiden Soldaten weg, ohne sie zu bestrafen, denn er hasste alle daheimgebliebenen Soldaten. Das Essen, das für die Soldaten zubereitet wurde, war nicht zu essen. Die Männer beschwerten sich und sagten, sie würden die Bahnhofsküche stürmen, wenn sie nicht in der Stadt essen dürften. Die Offiziere kosteten die Suppe und sagten dem Bahnhofsvorsteher, dass es ein Skandal und eine Gemeinheit sei, Soldaten, die gerade von der Front zurückkamen, so zu behandeln. Trotzdem durfte niemand hinausgehen, weil wir um zehn Uhr abfahren sollten. In Königshütte nahmen wir unsere letzte Mahlzeit auf deutschem Boden ein und betraten Österreich. Wir fuhren durch Lansashütte, Kallowitz und Magsolwitz. Wir waren in Galizien.

In Wadowicz wurden wir von den österreichischen Rot-Kreuz-Damen bedient, die noch freundlicher waren als die Deutschen. Sie sagten uns, wir sollten die Russen gut und ausgiebig piesacken, damit der Krieg bald zu Ende sei.

Wir trafen auf einen Zug, der voll mit russischen Gefangenen war. In einigen Waggons lagen die Kranken und Verwundeten auf einem Haufen auf einem Stück Stroh. Keiner kümmerte sich um sie.

Am 7. Mai waren wir in Neu Sandec und am 8. Mai kamen wir in Biezc an. Von Neu Sandec bis Biezc fuhr der Zug sehr vorsichtig, weil die Russen bei ihrem Rückzug einige Gleise zerfetzt hatten.

Im Depot in Biezc sahen wir riesige Haufen von Munition, Maschinengewehren und eine beträchtliche Menge anderen Materials, das die Russen auf ihrem Rückzug zurückgelassen hatten. Da wurde uns klar, warum man uns russische Geschütze gegeben hatte. Biezc lag in Trümmern. Der Krieg sollte für uns wieder beginnen.

Unsere Reise durch Deutschland und Österreich hatte fünf Tage gedauert. Die 56. Division sollte sich hier versammeln und auf Befehle warten. Jetzt wussten wir, dass wir die Kastanien für unsere lieben Verbündeten, die Österreicher, aus dem Feuer holen mussten, von denen viele, wie wir später noch sehen werden, selbst nicht auf die Russen losgehen wollten.

XX

IN GALIZIEN

Wir vom Stab konnten uns keine Minute ausruhen, denn wir mussten Karten studieren und Befehle entgegennehmen. Wir wollten in Jablonica ein Quartier beziehen. Wir gingen voraus, um sie vorzubereiten. Unsere Karten waren nicht schlecht, aber da die Russen während des Krieges neue Straßen gebaut hatten, haben wir uns zweimal verlaufen. Die Leute, die wir nach dem Weg fragten, wollten den Mund nicht aufmachen und sahen aus, als ob sie sich über uns lustig machen wollten. Unsere lieben Verbündeten weigerten sich sogar, uns Wasser zu geben. Die Straßen waren miserabel. Wir mussten unsere Fahrräder tragen und versanken bis zu den Knien im Sand.

Da uns ein Bataillon der 118. Infanterie und eine Lazaretteinheit vorausgefahren waren, konnten wir keine Unterkünfte für unsere Männer finden. Wir hatten keine andere Wahl, als einen Platz für Eger zu finden, der nicht gerne im Freien schlief. Der Ort, den wir für ihn fanden, war eine unglaublich verdreckte Hütte, in der etwa zehn Personen, Männer, Frauen und Kinder, in einem einzigen Raum schliefen, alle zusammengepfercht in zwei mit Stroh gefüllten Betten.

Ein furchtbarer, muffiger Geruch empfing uns. Einige

Hühner liefen unbehelligt in dem Raum herum. Wir öffneten Türen und Fenster und begannen, ein wenig aufzuräumen und die Hühner zu verjagen. Eine Frau brachte uns Laken und frisches Stroh und schickte die Familie weg. Sie willigte nur unter der Bedingung ein, dass sie gut bezahlt wird, aber sie wartet immer noch auf ihr Geld. Eger verzog das Gesicht, als er sein Quartier sah. Trotz des Lüftens stank es fürchterlich. Diese Menschen waren daran gewöhnt, auf Misthaufen zu leben, und das erklärt, warum es nicht mehr Epidemien gab. Überall, wo wir in Galizien hinkamen, war es dasselbe: Die Menschen waren widerlich schmutzig und voller Läuse.

Eger, Rickert, Löffelhardt und ich mussten in dieser Bruchbude schlafen. Als wir hineingingen, fanden wir einen jungen Mann und eine Frau in unserem Bett schlafen. Eger hat sie hinausgejagt. Der Rest der Familie lag auf Tischen. Zwei alte Frauen schliefen auf Strohmatratzen vor den Kaminen. Wir konnten die ganze Nacht kein Auge zu machen, aus Mangel an Luft und wegen der „Läuse", die uns keinen Moment Ruhe ließen. Am nächsten Tag sahen wir, wie eine der Frauen sorgfältig den Kopf einer anderen Frau untersuchte. Auf unsere Frage hin sagte sie, sie suche nach Läusen. In dieser Nacht hatten wir in der Hütte Dauergäste bekommen. Diese neuen Gefährten verließen uns während unseres gesamten Aufenthalts an der Ostfront nicht.

Um zehn Uhr brachen wir nach Jaslo auf. Der Marsch

des Bataillons war sehr anstrengend, denn die Männer sanken ständig im Sand ein. Rickert, Löffelhardt und ich, die wir zu Pferd vorausgegangen waren, trafen auf den berühmten General Mackensen, dessen Quartier etwa zwei Kilometer entfernt lag. Alle Truppen am Wegesrand jubelten ihm zu. Er ging vorbei, ohne etwas zu sagen, als wäre er es leid, die Soldaten schreien zu hören.

Die Russen hatten die große Eisenbahnbrücke am Südeingang des Dorfes gesprengt. Die Truppen überquerten den Wistoka über eine Pontonbrücke, die von unseren Ingenieuren gebaut worden war. Um schneller voranzukommen, fanden wir eine Furt, die unsere Pferde leicht überqueren konnten. Die Station Jaslo war völlig zerstört, wir konnten nicht sagen, ob von den Russen oder den Österreichern selbst. Auf jeden Fall war es nicht von den Russen gemacht worden, die die Stadt erst vor vier Tagen geräumt hatten, denn wir konnten sehen, dass die Arbeit schon lange, lange vorher gemacht worden war. Die zurückgebliebenen Galizier sprachen nicht sehr schlecht über die Russen, mit Ausnahme der Juden, die schreckliche Geschichten erzählten, aber gleichzeitig die Gelegenheit nutzten, uns furchtbar zu betrügen, wenn wir etwas von ihnen kauften. Da die Einwohner kein Deutsch verstanden, unterhielten wir uns mit ihnen durch Zeichen. Rickert ging auf alle Viere, um zu zeigen, dass er einen Stall wollte.

Am 10. Mai trafen wir wieder auf den Rest der Division.

Die 188. führte, gefolgt von der 88. Infanterie und der 111. und 112. Artillerie; die 35.

Ein österreichisches Regiment marschierte neben uns her. Einige dieser Männer riefen uns Beleidigungen auf Polnisch zu.

„Feiglinge“, antworteten unsere Soldaten. „Ihr habt eine ordentliche Tracht Prügel von den Russen bekommen, und jetzt mussten wir euch in diesem dreckigen Land voller Läuse zu Hilfe kommen.“

Die Offiziere verboten den Männern, sich mit den Österreichern zu streiten.

Kolonnen russischer Gefangener zogen ebenfalls die gleiche Straße entlang. Als Rogge sie sah, sagte er zu seinen Männern: „Tut mir den Gefallen und lasst diese Schweine eure Rucksäcke tragen, und ihr nehmt ihren Tabak und ihre Zigaretten.“ Im Nu hatten die Soldaten seinen Befehl befolgt. Unter den russischen Gefangenen gab es viele Verwundete.

Überall waren die Straßen in einem furchtbaren Zustand, und die Männer kamen mit ihren Rucksäcken beschwert nur mühsam voran und sanken im Sand ein. Eger redete hart mit ihnen und sagte, sie kämen nicht schnell genug voran. Er drohte ihnen sogar, ihre Rationen zu kürzen. Protestgeheul und Wutausbrüche waren unter den Soldaten zu hören. „Ihr Diebe“, schrien sie alle gleichzeitig, „wir haben fast nichts zu essen, denn ihr nehmt uns das Beste weg, und jetzt zerreißt ihr euch das Maul, weil ihr zu Pferde seid und wir unsere Rucksäcke tragen müssen, während wir durch den Sand stapfen. Aber eines Tages wird der Krieg vorbei sein, und dann werden wir sehen, wer der Chef ist - wer dann der Mutigste ist!“

Eger war wütend und stürzte sich mit seinem Pferd auf die Männer, wobei er seine Gerte in die Höhe hielt und einen Mann damit verwundete. Doch obwohl sie ihn alle hassten, wagte es niemand, Eger eine Lektion zu erteilen. Rogge, dem er von der ganzen Angelegenheit erzählte, war damit einverstanden“ und sagte: „Diese Schweine brauchen eine Kugel im Fell, das ist eine richtige Meuterei. Die Biester verdienen es nicht einmal, im Kampf zu fallen.“ Als wir dies hörten, fragten wir uns, wer es verdiente, in der Schlacht zu fallen, denn es war bekannt, dass Rogge sich nie an einen Ort wagte, an dem er unter Beschuss geraten könnte.

Die deutschen Zeitungen berichteten, die Galizier seien von den Russen misshandelt worden. Wir haben gesehen, dass dies absolut falsch war. Während der sechs Monate der russischen Besatzung war alles friedlich. Die Felder wurden bestellt und alles war bereit für die Ernte. Es waren die Deutschen, die sogenannten Befreier, die im Gegenteil alles zerstörten. Und so waren die Galizier sehr unzufrieden, dass wir gekommen waren, um sie von den Russen zu befreien. Die Soldaten boten den Frauen Ringe und Schmuck an, die sie in Frankreich gestohlen hatten, wenn sie sich ihnen auslieferten. Rogge selbst befahl, eine gutaussehende junge Frau für die Nacht zu ihm zu bringen, und sagte: „Was die Russen getan haben, können die Deutschen noch einmal tun." Eger war gewiss ein Tyrann und eine Bestie, aber er zeigte sich nie als der Feigling und Satyr, der Rogge war. Ein solches Verhalten spornte die Soldaten nur noch mehr an, die den Frauen in die Kirchen folgten, in die sie sich geflüchtet hatten. Die Galizier werden ihre Befreier nie vergessen.

Die Juden ließen keine Gelegenheit aus, uns zu berauben, und verlangten stets überhöhte Preise für die von ihnen angebotenen Waren. Um uns zu täuschen, begannen sie damit, uns zu schmeicheln, indem sie sagten: „Oh, was für tapfere und großzügige Soldaten die Deutschen sind - oh, wie groß und gut euer Kaiser ist! Wie glücklich sind wir, dass ihr uns von den Russen befreit habt. Die ganze Welt bewundert die Deutschen. . . ."

Aber einige Soldaten, die einen bestimmten Gegenstand haben wollten, zögerten nicht, ihn ohne Bezahlung zu nehmen, wenn die Juden einen zu hohen Preis verlangten. In solchen Fällen stellte sich Eger immer auf die Seite seiner Männer.

„Ihr verdammten dreckigen Juden", sagte er zu den Händlern, die sich bei ihm beschwerten, „wie könnt ihr es wagen, die preußischen Soldaten zu betrügen?"

Die Juden hatten die Frechheit zu antworten:

„Herr Hauptmann, die Russen haben uns beraubt, so dass wir unsere Waren ein wenig teurer verkaufen müssen, um nicht bankrott zu gehen."

Eger war wütend und befahl ihnen, sofort zu verschwinden, sonst würde er sie von den Soldaten verprügeln lassen. Die Kinder Abrahams machten sich eilig auf den Weg. Eger ermächtigte seine Soldaten förmlich, sich alles zu nehmen, was sie wollten, ohne dafür zu bezahlen, wenn sie der Meinung waren, dass die Juden einen überhöhten Preis verlangten. Es ist leicht zu verstehen, dass die Soldaten sich nicht mehr mit dem Stehlen zurückhielten.

XXI

ERSTE SCHLACHTEN IN GALIZIEN

Am 15. Juni 1915 wurden wir in Albigowa einquartiert, wo wir zwei Tage bleiben sollten, um unsere letzten Vorbereitungen für den Einzug in die Schützengräben der ersten Linie zu treffen.

Um 4 nachts erhielten wir den Befehl, sofort nach Markowa aufzubrechen, wo wir auf den Generalstab der Division treffen würden.

Vier Stunden später fanden wir dort den folgenden Befehl vor, der vom Generalleutnant der 56:

„Die 88. Infanterie wird an der Spitze der 56. Division marschieren. Es dürfen keine Vorsichtsmaßnahmen vernachlässigt werden, da das Regiment auf den Feind treffen wird. Ich hoffe, dass das Regiment hier seine Pflicht erfüllen wird, wie es sie in Frankreich erfüllt hat. Ich zähle absolut auf die tapferen und heldenhaften Soldaten des 88. Dieser Befehl ist den Truppen zu verlesen."

Die Schrecken des Krieges sollten für uns wieder beginnen.

Wir brachen in Richtung San auf und kamen durch das Dorf Przeworsk, in dem es viele Verwundete gab, denn es hatte gerade ein heftiges Gefecht stattgefunden.

Da die meisten unserer deutschen Pferde wegen der Hitze und der schlechten Straßen gefallen waren, hatten wir sie durch kleine russische Ponys ersetzt, die viel widerstandsfähiger waren.

Trotz des Kampfes hatten die Einwohner beschlossen, zurückzubleiben. Die Russen hatten während der gesamten Zeit ihrer Besetzung Galiziens nichts verwüstet und auf Personen und Eigentum peinlich genau geachtet. Aber wir und die Österreicher waren dabei, das ganze Land zu verwüsten. Dr. Meiniecke sagte zu uns:

„Es ist nicht verwunderlich, dass diese Leute uns hassen; bedenkt nur! Die Russen haben ihre Häuser, ihre Gärten und ihre Felder nicht angerührt. Wir hingegen zerstören alles. In den Häusern und Dörfern, aus denen sich die Russen gerade zurückgezogen hatten, sah ich keine Spur von Plünderung wie in Frankreich und Belgien. Schließlich haben diese Leute ein Recht, sich über uns zu beschweren."

Aber Eger antwortete ihm:

„Doktor, wir werden diesen slawischen Schweinen, diesen verlausten Bauern, zeigen, was stufl' Krieg ist. Wir, die wir gegen die Russen und Franzosen gekämpft haben, werden sie zwingen, vor uns für ein Stück Brot auf die Knie zu gehen. Wenn ich einen dieser Rüpel um einen Drink bitte und keine Antwort erhalte, schlage ich ihm mit der Gerte ins Gesicht. Ich werde ihnen zeigen, was ein preußischer Soldat ist!"

Keiner sagte ein Wort, denn Eger duldete keinen Widerspruch. Er war ein echter Preuße, ganz nach Kaiser Wilhelms Geschmack.

Um sechs Uhr waren wir achtzehn Kilometer nördlich von Jaroslav und am Ufer des San. Am Tag zuvor hatten sich die Russen zurückgezogen und ihre unbestatteten Toten zurückgelassen. Es muss ein verzweifelter Kampf gewesen sein, bei dem es keine Gnade gab, denn die Schädel vieler Toter waren durch Musketenhiebe zertrümmert worden.

Wir überquerten den San auf einer von unseren Ingenieuren gebauten Brücke. Kaum hatten wir die andere Seite erreicht, befahl uns Rogge, uns in Gefechtsformation aufzustellen. Das war töricht, denn wir wussten noch nicht, wo sich der Feind befand, und wir wussten nicht einmal, ob wir ihn angreifen sollten.

Rogge versammelte die Offiziere hinter einem kleinen Hügel und sprach sie wie folgt an:

„Endlich werden wir uns mit den Russen messen. Ich hoffe, meine Herren, dass Sie sich bis zum Äußersten anstrengen werden, um uns die Schmach einer Niederlage zu ersparen. Während des Kampfes bitte ich Sie, mit mir in engem Kontakt zu bleiben, damit ich Ihnen von Zeit zu Zeit die Divisionsbefehle geben kann. Hauptmann Eger wird mit dem 2. Bataillon gegen den Feind vorrücken, etwa sechs oder sieben Meter vor dem Rest. Das 1. Bataillon wird zu seiner Rechten und das 118. zu seiner Linken sein.

Hauptmann Radke mit dem 3. Bataillon wird bei mir in Reserve bleiben. Also, meine Herren, viel Glück!“

Löffelhardt und ich übergaben unsere Pferde unseren Ordonnanzen und nahmen unsere Fahrräder, um Befehle zu überbringen, von denen die Soldaten nichts wissen sollten.

Es war 19 Uhr. Wir rückten auf das Dorf Wiazownica vor, das wir von links angreifen sollten. Kaum waren wir bis auf drei Meter an das Dorf herangekommen, wurden wir von Maschinengewehrfeuer begrüßt, das uns aber nichts anhaben konnte, weil es sehr schlecht zielte. Eger ordnete eine Pause an und rief Rogge an, um Anweisungen zu erhalten, bekam aber keine Antwort. Also ließ er uns wieder vorrücken, und viele von uns wurden getötet und verwundet. Als er sah, dass wir nichts gewinnen würden, stoppte Eger unseren Vormarsch erneut. Ich blieb mit ihm, Rickert und Löffelhardt in einer Sandgrube, zu der einige Soldaten wenig später Leutnant Daucher von der 8. Er hatte eine Kugel im Unterleib und schien sehr zu leiden. Er flehte uns an, ihn zu töten. Wir hatten keine Möglichkeit, ihm Erleichterung zu verschaffen. Kurze Zeit später starb er. Als die Schlacht vorüber war, ließ Eger ihn am Ufer des Flusses begraben.

Eger, der nicht wusste, was er tun sollte, schickte mich mit Löffelhardt und einem Gefreiten erster Klasse nach Rogge, um Anweisungen zu erhalten. Die Kugeln zischten um uns herum, wir begannen zu kriechen und landeten schließlich inmitten der 2. Sie hatten seit vier Stunden nichts mehr von ihrem Bataillon gehört. Ein junger Reserveoffizier sagte kühn, Rogge habe sich als absolut unfähig erwiesen, sein Regiment zu befehligen. Schließlich fanden wir den Adjutanten von Rogge, Leutnant von Stein, der, ohne uns anzuhören, sagte, dass der Befehl lautete, Wiazownica um zwei Uhr einzunehmen.

Wir entlockten ihm einen schriftlichen und unterschriebenen Befehl, denn dieser junge Mann war durchaus in der Lage, auf eigene Verantwortung solche Anweisungen zu erteilen, um sich auszuzeichnen und so das Eiserne Kreuz erster Klasse zu erhalten. Wir kehrten unverzüglich zu Eger zurück, der sofort befahl, das Bataillon in Angriffsbereitschaft zu halten.

Wir rückten vor, ohne dass ein einziger Schuss auf uns abgefeuert wurde. Eine Patrouille, die vorausgegangen war, kehrte zurück und meldete, dass die Stadt schwer bewacht sei. Wir berichteten Rogge davon, und er sagte nichts. Eger befahl uns daraufhin anzugreifen, und zu unserer großen Überraschung drangen wir in die Stadt ein, ohne dass ein einziger Schuss auf uns abgefeuert wurde und ohne dass wir dort einen einzigen russischen Soldaten entdeckten. Der Feind hatte sich zurückgezogen. Das war die Eroberung von Wiazownica, die Gegenstand einer großartigen Mitteilung war und die in allen deutschen Zeitungen als großer Sieg der 56. Die Soldaten lachten und machten sich über uns und vor allem über Rogge lustig, der noch gar nicht vor Ort war, so ängstlich und misstrauisch war er gegenüber den Russen.

Gegen zehn Uhr nahmen wir die russischen Schützengräben in Besitz, die von der Stadt zum Fluss Lubaczawka führten. Kaum hatten wir uns dort niedergelassen, erhielten wir den Befehl, in die Stadt zurückzukehren: Jeder dachte, dass unsere Offiziere nicht wussten, was sie tun sollten, und in Verlegenheit waren. Plötzlich schlug die erste russische Granate bei uns ein und tötete etwa sechs Männer. Da Rogge ankündigte, dass wir unseren Marsch erst in einer Stunde fortsetzen würden, hatten wir Zeit, unsere Toten zu begraben.

„Gebt kein Pardon", sagte Eger in seiner Rede, die er bei dieser Gelegenheit hielt, „diese Bande von Bestien verdient kein Mitleid. Wenn ihr euch gefangen nehmen lasst, werdet ihr in den sibirischen Minen arbeiten müssen, mit den Füßen in Ketten."

Pünktlich um ein Uhr eröffnete unsere Artillerie das Feuer. Unsere Kanoniere zielten gut, und wir konnten mit Pfeife im Mund und geschulterten Waffen ohne die geringste Schwierigkeit vorrücken. Leutnant Schaller, der von Beruf Förster war, rückte ruhig vor, das Gewehr über die Schulter geworfen, als ginge er auf die Jagd. Die Russen wurden in diesen Wäldern von unseren Granaten niedergemetzelt, und später fanden wir ihre Toten und Verwundeten. Es war ein wahres Gemetzel gewesen.

Die Schlacht war nun praktisch gewonnen, aber wir mussten noch Radawa einnehmen, um den Feind daran zu hindern, unseren Panzer anzugreifen. Leutnant Knell, an der Spitze einer Patrouille, die nur ein paar Schüsse abgeben musste, nahm die Stadt ein. Die einzigen Verteidiger waren ein paar Kosaken, die sich im Galopp zurückzogen.

XXII

RADAWA

EGER, der das Kommando hatte, hatte für uns das beste Haus in der Stadt ausgewählt. Als wir uns in seiner Abwesenheit dort einrichteten, kam ein Offizier der Ulanen, der Adjutant der 35. Infanterie war, herein und wandte sich an Löffelhardt, der uns aufforderte, das Haus zu verlassen und ihm Platz zu machen. Löffelhardt erklärte ihm, dass dies das Quartier von Eger sei und dass dieser das Kommando über die Stadt habe. „Halten Sie Ihr verdammtes Maul“, schrie der Soldat, „Sie Narr, ein Ein-Jahres-Freiwilliger. Glaubst du, ich schlafe in einer Hütte voller Bauern, während du in diesem schönen Haus herumlungerst? Raus hier, weg mit dir, und je schneller, desto besser.“ Doch Löffelhardt schüttelte den Kopf über den Ulanen, der wütend verschwand, um wenige Augenblicke später in Begleitung eines älteren Obersts zurückzukehren.

„Wo ist dieser Schurke“, sagte er beim Eintreten, und seine Augen suchten Löffelhardt. Ich ergriff eine Hand. „Was wollen Sie?“, brüllte der alte Oberst. Ich versuchte ihm zu erklären, dass wir die Ersten waren, die ankamen, und dass es unsere Aufgabe war, weil das Bataillon bereits in der Stadt war, während das 35. nur den Stadtrand erreicht hatte.

„Ich sehe“, sagte der Oberst, „Sie sind mit diesem Schurken im Bunde“.

Die Lage begann ernst zu werden, als Eger auf der Bildfläche erschien. Da er sich nie vor irgendetwas fürchtete, erklärte er dem Oberst die Angelegenheit, der daraufhin wegging und seinen Adjutanten zurückließ, um sich so gut wie möglich aus der Affäre zu ziehen. Kaum war er gegangen, sagte Eger, der nicht allzu viel Geduld hatte, zu ihm:

„Was machen Sie hier, und warum haben Sie in meinem Haus so viel Lärm gemacht? Glaubst du, dass du in deinem Stall bist? Raus hier, und zwar schnell, sonst lasse ich dich von meinen Leuten hinauswerfen!“

Der tapfere Ulan wagte es nicht, Eger zu antworten und ging wie ein geprügelter Hund davon. Eger sagte uns, wir hätten ihn selbst hinauswerfen und ihm zeigen sollen, wie man ihn richtig behandelt.

Wir aßen gut mit Eger, konnten aber wegen der Läuse die ganze Nacht kein Auge zumachen. Das Leid, das diese Kreaturen uns während unseres Aufenthalts in Galizien zugefügt haben, war einfach unglaublich.

Am nächsten Tag kehrten wir in den Wald namens Radawa zurück und ließen die gleichnamige Stadt hinter uns. Wir irrten umher, erst nach rechts, dann nach links. Offenbar wussten unsere Offiziere nicht, was sie tun sollten. Am Abend kehrten wir in die Stadt zurück, um zu essen. Dann lagerte das Bataillon am Waldrand.

Während dieser Zeit errichtete das 35. Bataillon Verteidigungsanlagen entlang der Lubaczawka, um die Russen an der Überquerung zu hindern. Die Lubaczawka ist ein kleiner Fluss, der bei Monasterz in den San mündet. Wir sollten mehrere Tage in dieser Stellung bleiben, ohne vorzurücken.

Am zwanzigsten Tag begannen wir mit dem Ausheben von Gräben in den Wäldern. Unsere Männer fällten große Mengen an Bäumen für die Unterstände. Offiziell war es verboten, in Galizien mutwillig etwas zu zerstören, aber die Wahrheit ist, dass die deutschen Soldaten in Galizien und mit den Galiziern und allen Österreichern im Allgemeinen machten, was sie wollten.

In der Nacht zum 21. Mai verließen wir die Wälder und nahmen eine ausgezeichnete Stellung zwischen Radawa und Monasterz ein. Dort waren wir gut geschützt und nur etwa zwanzig Meter vom Fluss entfernt, wo die Soldaten baden konnten.

Leider, und das war während unseres gesamten Aufenthalts an der Ostfront der Fall, war die Verpflegung der Soldaten schlecht geregelt, und die Soldaten beklagten sich oft, nicht genug zu essen zu haben. Wo waren die Hühner und die guten Weine aus Frankreich?

Rickert, der für die Verpflegung des Bataillons zuständig war, kam eines Tages zu Eger und sagte:

„Ich habe auf einem Bauernhof fünfhundert Meter von hier ein paar Rinder gesehen. Die Besitzer weigern sich, sie zu verkaufen. Wie soll ich an Fleisch kommen?"

Eger, erfreut, gab sofort den Befehl, das Vieh zu beschlagnahmen. Leutnant Bortger, Löffelhardt und ich erhielten den Befehl, Rickert mit mehreren Männern auf diesem sehr noblen Auftrag zu begleiten. Wir gingen in den Hinterhof des Hofes, wo mehrere Frauen und Kinder versammelt waren. Mit Tränen in den Augen flehten sie uns an, ihnen ihr Vieh zu überlassen, das ihr ganzes Vermögen ausmachte. Ohne sie, sagten sie, würden sie sicher alle verhungern.

„Was für ein Unsinn!", rief Leutnant Bortger, „Wir nehmen vier Kühe, eine für jede Kompanie und eine fünfte für den Regimentsstab. Kommt, Männer, beeilt euch und sucht euch die fettesten aus."

Die Soldaten beeilten sich zu gehorchen, aber die armen Frauen stürzten sich auf ihre Kühe, als wären sie ihre Kinder, denen Gefahr drohte. Es war unmöglich, ihren Griff zu lockern. Es wurde ein wahrer Kampf. Die verängstigten Kühe rannten in den Hinterhof und zogen die sich an sie klammernden Frauen mit sich. Die wütenden Soldaten, die von uns ermutigt wurden, schikanierten die Frauen und traten sie herum.

Eine von ihnen hielt sich die Hand vor die Brust, als wolle sie etwas in ihrer Bluse verstecken. Als Bortger dies bemerkte, befahl er uns, sie zu durchsuchen. Es gelang uns kaum, sie dazu zu bringen, das Tier loszulassen, dessen Hörner sie mit der anderen Hand festhielt. Bortger und Rickert zogen ihre Revolver und drohten, sie zu töten.

Auf Befehl von Leutnant Nolte, der sich ebenfalls unserer Expedition angeschlossen hatte, rissen die Soldaten der unglücklichen Frau jeden Faden ab, und sie stand völlig nackt vor uns allen.

Da sahen wir, dass sie ein Kreuz in der Hand hielt, das sie fest an ihre Brust drückte. Als die Soldaten eine nackte Frau sahen, ließen sie das Vieh los und amüsierten sich über das unglückliche Wesen, das vor Scham weinte. Bortger und Nolte begannen daraufhin, auf den Körper dieser Frau zu spucken, während Adjutant Hoffman von der 8. Kompanie und mehrere Soldaten sich um sie schlossen und sie mit ihren schmutzigen Händen berührten.

Erst nach einer Pause wurde der Frau erlaubt, sich anzuziehen.

„Was sagen Sie, Nolte?“, fragte Bortger. „Es war wirklich lustig. Was für ein schönes Bild! Dieser Rickert war ein Theologiestudent gewesen. Ich werde es nie vergessen. Ich habe mich fast totgelacht.“

„Schade, dass die ganzen Soldaten da waren", antwortete Nolte. „Sonst hätte ich . . ."

Bortger sollte diese Szene schneller vergessen, als er dachte, denn er wurde am nächsten Tag, dem 23. Mai 1915, getötet. Er wurde hinter den Schützengräben begraben, ohne dass ein einziges Wort des Bedauerns über sein Grab gesprochen wurde. In dem Moment, als der Leichnam herabgelassen wurde, nahm der Gefreite Bender Bortgers Stiefel ab, weil dieser ihm noch Geld schuldete.

Am vierundzwanzigsten, zwischen sechs und sieben Uhr, hörten wir plötzlich die Russen in ihren Schützengräben „hurra" machen. In der Annahme, dass sie uns angreifen wollten, schickte unsere Artillerie einen Granatenhagel auf sie. Sie setzten ihr Geschrei fort und begannen sogar zu singen. Wir verstanden nicht, was vor sich ging, als plötzlich der Gesang verstummte und mitten in der Stille eine laute Stimme rief:

„Brüder, Italien hat Österreich den Krieg erklärt. Es ist besser, ihr ergebt euch, denn jeder Widerstand ist von nun an zwecklos."

Für die deutschen Soldaten war dies keine freudige Nachricht. Sie sprechen von einem diplomatischen Fehlschlag usw. Aber Eger sagte ihnen, sie sollten keine Angst haben, denn die Italiener seien feige und unfähig, ernsthaft zu kämpfen, und die Österreicher würden bald in Venedig sein. Um die Russen zu ärgern, wurden die Männer angewiesen, „Deutschland über Alles“ und „Die Wacht am Rhein“ zu singen. Dieser Abend, der 23. Mai, war für uns einer der angenehmsten des Krieges, da sowohl die Russen als auch die Deutschen den ganzen Abend über sangen - der eine aus Freude, der andere aus Bosheit.

Am vierundzwanzigsten kehrte Hauptmann Lindwurm, der in Lenglier leicht verwundet worden war und sich seither in Mayence versteckt gehalten hatte, zu seinem Regiment zurück und übernahm, da er älter war als Eger, das Kommando über das 2. Letzterer übernimmt das Kommando über die 10. Kompanie. Niemand bedauerte seinen Weggang. Aber sein Nachfolger war einer der größten Feiglinge in der Armee.

Lindwurm, der noch nicht in den Schützengräben gewesen war, hatte furchtbare Angst, sich die „Läuse“ einzufangen. Er wagte es nicht, mit uns zu essen oder etwas anzufassen, das wir angefasst hatten. Er sprach mit uns immer aus einer Entfernung von fünf oder sechs Fuß. Er machte sich über uns lustig, nannte uns lausige Kerle und war stolz darauf, selbst sauber zu sein. Löffelhardt und ich versuchten unser Bestes, um ihn dazu zu bringen, einige der schmutzigen kleinen Kreaturen zu fangen, aber immer vergeblich, da wir nicht an ihn herankamen. Aber schließlich hatte Löffelhardt eine geniale Idee. Wir steckten ein paar dieser Insekten in eine Streichholzschachtel, legten sie während seiner Abwesenheit halb geöffnet in sein Bett und warteten auf das Ergebnis. Am nächsten Tag wussten wir, dass wir Erfolg gehabt hatten. Lindwurm lud uns zum Abendessen ein, was neu und unerhört war.

„Es hat keinen Sinn, mich noch länger zu isolieren, denn eines Tages werde ich mir diese Erreger sowieso einfangen", sagte er, „das scheint unvermeidlich zu sein." Es war lustig zu sehen, wie er sich während des Essens erst an den Armen, dann am Hals und an den Beinen kratzte. „Meine Herren", sagte er schließlich, „ich glaube, ich habe mir die verdammten Dinger eingefangen, obwohl ich nicht weiß, wie das passieren konnte, da ich die ganze Zeit so vorsichtig war, Insektenpulver zu benutzen."

Dann zeigten wir ihm, warum das Pulver überhaupt nichts nützt. Eine Erbse, die unter einem Puderfleck begraben war, kam frisch und munter wieder zum Vorschein. Von diesem Abend an aßen wir immer mit Lindwurm zu Abend. Diese Stellung hielten wir bis zum 4. Juni. Zu unserer Linken befand sich das 98. k. u. k. österreichische Regiment. Eines Tages kam ein Soldat dieses Regiments zu unserem Stab und bat um die Erlaubnis, den Kommandanten des Bataillons in einer wichtigen Angelegenheit sprechen zu dürfen. Eger hatte damals während Lindwurms Abwesenheit das Kommando. Der Soldat erzählte ihm Folgendes.

„Einige russische Gefangene haben uns mitgeteilt, dass ihre Regimenter uns heute Abend angreifen werden, um die

Stadt zurückzuerobern. Alle meine Kameraden, die zumeist Böhmen und Tschechen sind, haben jedoch beschlossen, keinen Widerstand zu leisten, sondern sich zu ergeben, da sie genug vom Krieg haben. Auch die Offiziere haben beschlossen, sich zu ergeben, denn sie wissen, was vor sich geht, obwohl sie nichts gesagt haben. Aber ich bin ein Deutsch-Österreicher aus Wien und ich will nicht, dass das alles so endet. Deshalb bin ich gekommen, um Sie zu warnen, was diese dreckigen Slowaken vorhaben." Eger forderte sofort telefonisch Verstärkung an. Die 92. Brunswicks wurden sofort zu uns geschickt. Unsere Artillerie sollte auf die Österreicher schießen, wenn sie sich zurückzogen. Die 92. sollte dasselbe tun. Die Russen griffen zu der Stunde an, die unser Informant versprochen hatte, und während sie vorrückten, begannen die Österreicher ihren Rückzug. Aber wir waren auf genau diesen Fall vorbereitet. Während Leutnant Huck von der 5. Kompanie unseres Regiments gegen die Russen vorrückte, begannen unsere Artillerie und die 92. Braunschweiger auf die Österreicher zu schießen, die, als sie sich zwischen zwei Trümmern befanden, wieder vorrückten. Hätten die Russen ihre Stadt halten können, wäre unser gesamtes Bataillon gefangen genommen worden. Am nächsten Tag wurden die Österreicher auf Wunsch des Kommandanten unserer Division durch deutsche Truppen ersetzt. Unsere Offiziere spuckten voller Abscheu auf die Österreicher, und die Männer taten es ihnen gleich.

XXIII

LETZTE SCHLÄGE IN GALIZIEN UND UNSERE RÜCKKEHR NACH FRANKREICH

In der Nacht zum 3. Juni verließen wir unsere Stellung und begaben uns zu einer Biegung der Lubaczawka rechts von Radawa. Am vierten Tag um acht Uhr sollten wir die Generaloffensive eröffnen, die uns in den Besitz des anderen Flussufers bringen und die Russen aus Galizien vertreiben sollte. Alles war bereit. Wir hatten einen ausgezeichneten Bombenwerfer in unseren Schützengräben, und ein Hauptmann der 111. Artillerie, der bei uns war, um den Feuerkreis auszurichten, half dank seiner telefonischen Anweisungen (zu weit rechts, zu weit links, zu nah, zu weit) auf wunderbare Weise. Dieser Bombenwerfer war eine kleine Kanone, etwa so groß wie ein deutsches Maschinengewehr. Der Schütze zielte, drückte den Hebel und die Bombe stieg mit einer Art brummendem Geräusch in die Luft. Sie flog etwa vierhundert Meter weit und zerstörte bei ihrer Explosion alles in einem Radius von etwa dreißig Metern. Die Explosion wurde von einer schweren schwarzen Rauchwolke begleitet, die sich erst nach einigen Augenblicken auflöste. Die Russen, die durch unsere Artillerie demoralisiert waren, ergaben sich in Scharen. Der Hauptmann sagte uns, dass, wenn wir die Franzosen zum Kämpfen gehabt hätten, die Dinge für uns vielleicht anders ausgegangen wären und dass viele von uns gefallen wären, da diese gute Kämpfer waren und sich zu verteidigen wussten.

Gegen zehn Uhr mussten die Russen auf ihre Reserven zurückgreifen.

Die 6. Kompanie war eine Zeit lang isoliert und hätte leicht gefangen genommen werden können.

Während der Schlacht hatte sich Lindwurm vor lauter Angst in seinem Unterstand versteckt. Als er wieder zu uns stoßen musste, ließ er sich von sechs Soldaten umzingeln, die ihm als Schutzschild dienten. Diese Feigheit hinderte ihn nicht daran, bald zum Kommandeur zu werden.

Wenig später mussten wir angreifen, um den vor uns liegenden Hügel in Besitz zu nehmen und so die Russen weiter zurückzudrängen. Wir eroberten auch die Wälder rechts des Hügels. Während dieser ganzen Zeit hat niemand Lindwurm gesehen. Rickert, Löffelhardt und ich trugen die ganze Verantwortung. Ohne allzu große Verluste erreichte das Bataillon schnell alle seine Ziele.

Bis zum 7. Juni besetzten wir die Linie von Gaydy bis Zaradawa, dann setzten wir unseren Vormarsch fort. Während dieser ganzen Zeit wurden wir nur unregelmäßig und in unzureichenden Mengen mit Lebensmitteln versorgt.

Am zehnten Tag waren wir in Dobra. Die ausgehungerten Soldaten begannen, die Häuser zu plündern. Lindwurm war der erste, der dies guthieß.

Am elften Tag waren wir die Reserve in einem Wald nördlich von Rudka. Am zwölften Tag wurden wir abgelöst; wir gingen dann nach Rudka, um unsere nächsten Befehle zu erhalten. Der Marsch war sehr mühsam. In Rudka erhielten wir Brot, Eier, Milch, Butter und Käse. Wir setzten uns zum Essen, ohne auf Lindwurm zu warten, der nie da war. Er hatte die Nacht in einem Loch verbracht, in das kaum ein Kind hätte hineinklettern können. Man stelle sich vor, ein Mann mit einer Wampe schläft in einer Wiege! Das war der Anblick, den der tapfere preußische Hauptmann bot. Es fiel uns schwer, nicht in Gelächter auszubrechen, als wir ihn sahen. Als die Russen sich immer noch zurückzogen, gruben wir einen ausreichend großen Unterstand und baten Lindwurm, sich uns anzuschließen. Aber er war vor Schreck wie gelähmt und wollte sich nicht rühren, sondern blieb, wo er war, und kratzte sich ab und zu wegen der Äste. Aus Mitleid mit ihm gruben wir einen Graben zwischen seinem und unserem Loch, damit er zu uns kommen konnte, ohne sich zu entblößen. Er wollte uns fast küssen und konnte uns nicht genug danken.

Am nächsten Tag gingen wir nach Dobza. Der russische Artilleriebeschuss war heftig. Lindwurm befahl den Abteilungen, im Laufschritt vorzurücken, aber er selbst ging nicht mit gutem Beispiel voran, sondern blieb auf dem

Bauch in einem Graben liegen. Wie sollten die Soldaten tapfer sein, wenn ihr Befehlshaber ein solcher Feigling war? In Dobza besaß er die Unverfrorenheit, Leutnant Schaller zu tadeln, weil er uns alle dem Feind ausgesetzt hatte, indem er mit seiner Kompanie das offene Feld überquerte. Schaller antwortete mit einer gewissen Ironie, er habe ganz vergessen, die Russen zu bitten, nicht zu schießen, während Kommandant Lindwurm vorbeigehe.

In Dobza befand sich eine bayerische Division. Eines dieser Regimenter, die 19. Infanterie, schloss sich unserer Division an. Am 13. Juni passierten wir Kawale, wo zwei Tage zuvor eine verzweifelte Schlacht stattgefunden hatte, offenbar zwischen den Russen und den Bayern. Es wurde kein Pardon gegeben, und wir fanden viele Russen mit durchgeschnittenen Kehlen und von Gewehrkolben zertrümmerten Schädeln. Die Bayern sagten ganz offen, dass es besser sei, wenn alle Russen sterben, als dass sie nicht genug zu essen hätten. Jeder wusste, dass unsere eigenen Rationen in Wahrheit unzureichend waren. Jedenfalls schlachteten die Bayern ihre Verwundeten und Gefangenen ab. Ein bayerischer Leutnant sagte selbst, dass er kein Pardon gab. „Es ist ein ernster Krieg, ein Krieg mit dem Messer“, sagte er, „und ich will Blut fließen sehen.“

Von Kawale ging es weiter nach Cisplice. Wir verbrachten eine schlimme halbe Stunde damit, einen kleinen Hügel zu erklimmen, wo wir von den Russen schwer beschossen wurden. Die 7. und 8. Kompanie hatten viele Verluste und verloren fast alle ihre Gefreiten. Hauptfeldwebel Heer wurde am Hals verwundet und verlor seinen rechten Arm.

Wir waren nun einem General unterstellt, der ein bayerisches Armeekorps befehligte. Wir hatten den Befehl, das Dorf Wolezasby einzunehmen. Lindwurm blieb wie üblich mit dem Telefon zurück, und es war an uns, das Bataillon zu führen. Wir nahmen das Dorf ohne große Schwierigkeiten und schwere Verluste ein. Am Abend suchten Rickert und ich nach Lindwurm, der, wie gesagt, den ganzen Tag über nicht zu sehen gewesen war. Als wir ihm mitteilten, dass wir die Stadt in Besitz genommen hatten, hatte er die Frechheit, uns stolz zu sagen:

„Ich bin glücklich, ein so edles Bataillon befehligen zu dürfen, und ich danke euch, meine Freunde, dass ihr mir bei der Ausführung meiner Befehle so vortrefflich geholfen habt." Als wir wieder allein waren, brachen wir in Gelächter aus.

Als wir das Dorf erreichten, sahen wir einen russischen Hauptmann am Straßenrand stehen. Er war verwundet und lag offenbar im Todeskampf. Wir gingen zu ihm hin, um zu sehen, ob wir etwas für ihn tun könnten. Er hatte mehrere Bajonettverwundungen und war fast bewusstlos. Als wir seinen Kopf anhoben, öffnete er seine Augen und sagte:

„Fort mit euch, ihr Mörder! Warum begehen eure Männer so furchtbare Verbrechen? Ich war kein Feind mehr, als ich mit meiner Kompanie kapitulierte. Wir waren unbewaffnet und wurden alle niedergemetzelt. Pustet mir wenigstens das Hirn aus, damit ich nicht mehr leiden muss." Wir riefen die Krankenschwestern und verließen ihn. Später sagten uns die Krankenschwestern, dass sie sein Leiden beendet hätten, da es unmöglich gewesen sei, ihn zu bewegen. Auf jeden Fall wussten wir, dass er die Wahrheit gesagt hatte, denn wir sahen die russischen Musketen viele Meter hinter der Stelle, wo wir ihn und seine abgeschlachteten Männer gefunden hatten, aufgestapelt.

Wir besetzten die russischen Schützengräben bis zum 19. Juni. Unser Stab wurde in einer Kirche untergebracht, in die wir frisches Stroh bringen ließen. Ein in der Sakristei installiertes Telefon ermöglichte es uns, über alles, was in den Schützengräben geschah, informiert zu sein.

Am 20. Juni erhielten wir den Befehl, das Dorf Dornach einzunehmen, das nur knappe zehn Kilometer von der russischen Grenze entfernt lag. Lindwurm verzog das Gesicht, als er dies hörte; er sagte uns, dass es für die Herren in der Nachhut, die gut geschützt waren, sehr einfach sei, solche Befehle zu geben.

„Hauptmann", sagten wir zu ihm, „warum lassen Sie sich nicht in den Stab des Generals versetzen? Haben Sie nicht bewiesen, dass Sie eine Schlacht auch aus einem Weizenfeld heraus leiten können? Sie sind seit zwölf Jahren Adjutant und wissen so viel wie ein Oberst."

Lindwurm antwortete achselzuckend: „Ich habe alles versucht. Aber es nützt nichts, sie wollen mich nicht."

Die Einnahme von Dornach war einfacher, als wir gedacht hatten. Wir fanden dort viele Tote, außerdem sterbende Pferde und eine Menge beschädigtes Material. Einem Mann war die Brust von einer Wagenstange durchbohrt worden. Wir fanden auch drei russische Soldaten, die durch Bajonettstiche getötet und nackt ausgezogen worden waren. Sogar ihre Stiefel waren weggetragen worden. Die Bewohner des Dorfes waren verängstigt, und überall lief verängstigtes Vieh umher. Rickert beschlagnahmte acht Kälber und ließ sie für unser Bataillon (nur die Mitglieder des Stabes) schlachten. Dirrig, unser Koch, war begeistert. Das Außergewöhnliche war, dass wir die acht Kälber in zwei Tagen verspeist haben. Wir waren nur etwa vierzehn Leute, einschließlich des Kochs und der Sanitäter. Es stimmt, dass wir den ganzen Tag ohne Brot gegessen haben und dass wir schon lange nichts so Köstliches mehr gegessen hatten. Aber trotzdem hätte ich nie geglaubt, dass man so viel Fleisch essen kann.

Am 22. Juni ging das Gerücht um, dass wir bald durch eine Division des 11. Armeekorps abgelöst würden. Tatsächlich wurden wir noch am selben Abend von der M. Brigade dieses Korps abgelöst. Wir brachen nach Céwkaw auf, dann nach Oleszyu, wo wir einquartiert wurden. Die Stadt war voll von Juden, die Wodka verkauften, ein so starkes alkoholisches Getränk, dass alle Soldaten betrunken wurden.

Am vierundzwanzigsten Tag erreichten wir Polank, das von den Deutschen fast völlig zerstört worden war. Rogge richtete sich in einem Haus ein, das zufällig nicht beschädigt worden war, und setzte die Bewohner, darunter eine alte Frau, die krank im Bett lag, auf die Straße. Am Abend ließ er die Regimentskapelle spielen.

Am sechsundzwanzigsten fuhren wir nach Jaraslaw, wo wir einrücken sollten, um anderswo getötet zu werden. Wir wechselten alle unsere Wagen, behielten aber unsere kleinen russischen Ponys, die wir nach Frankreich mitnehmen sollten. Denn nach zwei Monaten Abwesenheit kehrten wir nach Frankreich zurück. Unser Zug fuhr durch Lancut und Krakau, wo wir mit Lebensmitteln versorgt wurden. Endlich, an einem Sonntag, um fünf Uhr, erreichten wir die deutsche Grenze zu Polen. Es war eine Desinfektionsanlage errichtet worden, damit wir endlich unser Ungeziefer loswerden konnten. Alles musste durch diese Einrichtung: Männer, Pferde, Wagen, sogar die Küchen.

Jeder Mann machte separate Pakete für seine Kleidung und seine Lederkleidung. Diese Pakete wurden zur Identifizierung nummeriert und uns später wieder ausgehändigt. Dort standen wir in unseren Hemden. Dann brachten sie uns zu Becken, in denen wir bis zum Hals in heißes Wasser eintauchten. Wir seiften und schrubbten uns gegenseitig mit einer speziellen Seife ein, die die Läuse und ihre Eier abtötete. Erst dann konnten wir den Schaden erkennen, den diese schmutzigen kleinen Biester angerichtet hatten. Die Körper mancher Männer sahen aus wie offene Wunden. Dann wurden wir kalt geduscht, und jeder von uns bekam ein frisches Hemd und ein Paar Unterhosen und Socken. Diese waren in Frankreich und Belgien beschlagnahmt worden. Sie hatten alle erdenklichen Farben: Ein Mann trug eine blaue Unterhose, ein rotes Hemd und gelbe Socken, ein anderer ein rosa Hemd, eine grüne Unterhose und schwarze oder weiße Socken. In diesem Outfit gingen wir in einen Raum, wo uns ein Essen serviert wurde. Es sah mehr nach einer Maskerade als nach Krieg aus, und alle Soldaten waren sehr fröhlich. Dann erhielten wir unsere Kleider und Lederkleidung zurück, die alle in einem speziellen Ofen einer hohen Temperatur ausgesetzt worden waren. Natürlich waren sie in einem furchtbaren Zustand, aber wir waren froh, unser Ungeziefer los zu sein.

XXIV

HERIN

UNSERE Reise von Galizien nach Frankreich dauerte fünf Tage. Am 1. Juli 1915 erreichten wir Brüssel, wo wir einige Stunden blieben. Als wir Deutschland durchquerten, hatten uns die Leute überall zugejubelt, aber hier bemerkte uns niemand.

Am 2. Juli waren wir in Valenciennes, vier Kilometer von der Stadt entfernt. Unser Bataillon war in Hérin einquartiert, wo wir uns eine Zeit lang von den Folgen des Feldzugs in Galizien erholten. Lindwurm und Rickert waren in einem Schloss untergebracht. Löffelhardt und ich fanden einen Platz in einem kleinen Haus, in dem eine Frau mit zwei Kindern wohnte. Die gesamte 7. und 8. Kompanie wurde einquartiert, die 5. und 6. in den großen Brauereien (die von Sauvage und Giran). Die Männer benahmen sich gut und es gab keine Beschwerden.

Die gesamte 56. Division befand sich in Valenciennes und in der näheren Umgebung. Der Divisionsstab ist mit einer Motorradkompanie in Saint-Saulve. Der Stab des Regiments und des 3. Bataillons befand sich in Valenciennes selbst. Eine Maschinengewehrkompanie ist zwischen Hérin und Aubry gelagert und hält ständig Ausschau nach französischen und englischen Fliegern, die über der Stadt kreisen.

Das 111. Artilleriekorps mit seinem Munitionszug befindet sich in Aubry. Alle Kanonen waren nach Douai geschickt worden, wo es eine große Reparaturwerkstatt gab.

Wir hatten wenig zu tun, denn die Division war dort, um sich zu erholen. Am neunten Tag hielt unser General eine große Parade ab und verteilte die von Kaiser Franz Joseph verliehenen Orden an unsere Soldaten, die in Galizien gekämpft hatten. Lindwurm wurde vom General ausgezeichnet, der ihm zu seiner hervorragenden Führung in Österreich gratulierte.

Die Soldaten murrten, und Sansler, ein Unteroffizier der 6. Kompanie, sagte mit lauter Stimme: „Wir sind diejenigen, die gekämpft haben, wir tragen die Narben der Schlacht, aber die Feiglinge werden ausgezeichnet!"

Nach der Besprechung ließ Lindwurm Sansler zu sich bringen und fragte ihn, wie er so reden könne. Sansler antwortet, dass er sich geweigert habe, Reserveoffizier zu sein, dass er bei Roye, in der Champagne und in Galizien gekämpft habe und zweimal verwundet worden sei, aber keine Orden erhalten habe. Zwei Tage später wurde Sansler zum Oberstabsfeldwebel befördert und erhielt sofort das Eiserne Kreuz, das er in seine Tasche steckte. Er wolle es nicht „wie ein Kutscher" tragen, sagte er.

Am 10. Juli wurde unser „tapferer Rogge zum Oberstleutnant ernannt und Nolte erhielt das Eiserne Kreuz erster Klasse. Alle hofften, dass Rogge in ein anderes Regiment versetzt und dort zum Oberst ernannt werden würde.

Am elften Tag wurde ein Befehl ausgestellt, der es erlaubte, fünf Soldaten jeder Kompanie zu beurlauben. Über diese Nachricht waren alle glücklich und all das Leid und die Ungerechtigkeiten waren vergessen. Ich hatte meinen Urlaub und wollte um sieben Uhr zu meiner Mutter aufbrechen, als ich den Befehl erhielt, mich im Hauptquartier in Valenciennes zu melden, um als Dolmetscher zu arbeiten. Alle meine Bemühungen, nach Deutschland zu gehen, waren vergeblich, und Lindwurm, der meinen Urlaub zerriss, sagte: „Sind Sie denn nicht auch in Ihrem eigenen Land, wo Sie doch während Ihrer Ausbildung zum Reserveoffizier gesagt haben, dass diejenigen, die einmal in Frankreich gelebt haben, immer dortbleiben wollen?“ Das stimmte, und genau diese Tatsache hatte verhindert, dass ich zum Reserve-Offizier ernannt wurde.

Was sollte ich diesem Feigling, der Löffelhardt und mir so viel zu verdanken hatte, antworten?

XXV

HAUPTQUARTIER IN VALENCIENNES

Im Juli 1915 wurde das militärische Hauptquartier von Valenciennes im Rathaus eingerichtet. Der Bürgermeister wurde ermächtigt, mehrere kleine Räume für sich und seine Assistenten zu behalten. Die Deutschen verwandelten das Gerichtsgebäude, in dem sich vor dem Krieg das Wasser- und das Elektrizitätswerk befunden hatten, in ein Lager für Revolver, Gewehre, Munition, Fahrräder, Geschirre und andere Gegenstände, die sie beschlagnahmt hatten. In der zweiten Etage befanden sich ein Zivilgefängnis und ein Gefängnis für deutsche Soldaten.

Das Hauptquartier wurde von Oberstleutnant Spiers geleitet, der zu einem der Ulanenregimenter des 13. Sein Adjutant, der ihn bei Bedarf vertrat, war Hauptmann Kolb. Reserveleutnant Korneman, ein Kaffeeverkäufer in Zivil, war ebenfalls mit dem Hauptquartier verbunden. Das Kriegsgericht setzte sich zusammen aus dem kaiserlichen Berater Dr. Wunder (Rechtsanwalt in Karlsruhe in Zivil), Dr. Lewin, der ihn bei Bedarf vertrat, und Oberstabsfeldwebel Sohn, Dolmetscher und Sekretär. Der letztgenannte war nicht immer anwesend, denn man misstraute ihm; aber man fürchtete sich, ihn loszuwerden wegen der vielen Geheimnisse, die er kannte und die er preisgeben könnte, um sich zu rächen.

Im rechten Flügel befand sich das Büro, in dem die Franzosen und Belgier, die für die Lebensmittelversorgung der Zivilbevölkerung zuständig waren, ihre Pässe erhielten.

Die Ernährungskommission bestand aus einem Hauptmann der Reserve, einem Leutnant der Landwehr, mehreren Amerikanern und einer gewissen Anzahl französischer Bürger. Unter den letzteren möchte ich Herrn Dreyfus hervorheben, der sein Bestes für sein Volk und sein Land tat.

Während der kurzen Zeit, die ich in Valenciennes verbrachte, d.h. bis zum Abzug der 56. Division an die Front, erfuhr und sah ich einige sehr interessante Dinge über die Vorschriften, denen die gefangenen Völker in diesem eroberten Dorf unterworfen waren.

Die Zivilisten durften sich von sechs Uhr morgens bis acht Uhr abends auf den Straßen aufhalten, die Cafés und Restaurants sowie die öffentlichen Gebäude besuchen. Die Geschäfte und Cafés waren von acht Uhr morgens bis sieben Uhr abends geöffnet.

In fast jedem Haus waren Soldaten einquartiert.

Die Kapelle der 88. spielte jeden Tag von zwölf bis eins vor dem Hauptquartier. An der Tür des Rathauses hingen die kaiserliche Fahne von Deutschland und die königliche Fahne von Bayern. Auf einem großen Schild standen die Worte:

ETAPPEN KOMMANDATUR

Tagsüber herrschte reger Verkehr auf den Straßen.

Eine deutsche Kantine verkaufte nur an deutsche Soldaten.

Die Offiziere und die Männer dieser Truppen im Stab lebten sehr viel besser als in Deutschland.

Der Kommandant erhielt zusätzlich zu seinem Gehalt oder Vorschuss eine von der Stadt gezahlte Entschädigung von fünfunddreißig Franken pro Tag, die anderen Offiziere zehn Franken pro Tag, die Hauptfeldwebel sechs Franken und die Unteroffiziere und Soldaten vier Franken. Darüber hinaus genossen sie freie Unterkunft in den Hotels, die sie mit von der Stadt ausgestellten Vier-Franken-Schecks bezahlten. Theoretisch wurde die Entschädigung für die Verpflegung erhoben, da sie aufgrund ihrer Pflichten nicht wie üblich oder in der Messe essen konnten. Aber in Wirklichkeit aß jeder dort, wo es ihn nichts kostete, und steckte die Entschädigung ein. Sie alle aßen in der Saint-Vincent-Kaserne in der Rue de Lille. Briefly kann man sagen, dass die Truppen des Stabes auf Kosten der Bevölkerung unterhalten wurden.

Bis zu diesem Zeitpunkt hatte der Krieg mehr als ein Jahr gedauert, und alles, was wir besaßen, war gestohlen worden; die Requisitionen waren immer übertrieben. Wir nahmen alles mit, was den geringsten Wert hatte. Alle Fahrräder zum Beispiel waren nach Deutschland geschickt worden, aber wir fanden jeden Tag mehr.

Die Minen und Fabriken in Anzin wurden von den Deutschen betrieben. Viele Zivilisten wurden gezwungen, für einen Hungerlohn in den Minen zu arbeiten. Die Felder wurden von ihren Besitzern oder von den Bauern bewirtschaftet, aber die deutsche Regierung beschlagnahmte die gesamte Ernte und überließ den Besitzern kaum genug, um sich mit dem Nötigsten und mit Saatgut für die Aussaat im nächsten Frühjahr zu versorgen. Das Getreide wurde zu einer großen Mühle in Valenciennes geschickt, die von einem Unteroffizier geleitet wurde. Der Bedarf der Armee wurde gedeckt und der Überschuss nach Deutschland geschickt.

Viele Schwierigkeiten hätten von den Zivilisten vermieden werden können, wenn sie sich untereinander gut verstanden hätten. Aber sie waren sich oft nicht einig und beschwerten sich übereinander.

Die Bußgelder waren in deutschem Geld zu entrichten, und da die Stadt nur Papiergeld besaß, waren die Menschen gezwungen, zu einem Geldwechsler zu gehen, was sehr teuer war.

Die Polizisten im Hauptquartier waren wahre Unmenschen, besonders einer namens Ruff.

Meine Aufgabe war es, als Dolmetscher für das Kriegsgericht zu fungieren, insbesondere für Dr. Wunder, und in der ganzen Stadt und ihrer Umgebung Motoren und bestimmte Geräte, Maschinen und Werkzeuge für die Ernte zu requirieren. Auf diese Weise hatte ich häufig Gelegenheit, mit den Franzosen zu sprechen, die vor dem Kriegsgericht standen. Die meisten der inhaftierten Zivilgefangenen wurden beschuldigt, entweder Briefe oder Waren von Frankreich nach Belgien oder umgekehrt geschmuggelt zu haben.

So wurde ein Porzellanhersteller aus Saint-Amand, der oft mit einer Genehmigung nach Valenciennes kam, verhaftet und beschuldigt, ein Agent für den Schmuggel von Briefen zwischen Frankreich und Belgien zu sein.

Bei seiner Verhaftung fand man keine Beweise gegen ihn, und er schwor, dass er unschuldig sei. Dennoch wurde er zu einer Geldstrafe von fünfhundert Mark verurteilt, und es wurde ihm verboten, Saint-Amand, wo sich seine Fabrik befand, zu verlassen.

Eine andere kuriose Angelegenheit war die von M___ und L___. Ein gewisser M___, ein Belgier, aber wohnhaft in Valenciennes, wurde verhaftet und beschuldigt, französische Zeitungen zu verkaufen, die aus Holland über Belgien kamen. Dieses Spielchen lief folgendermaßen ab: Einige zivile Mitglieder der Ernährungskommission hatten den Auftrag, sich an der holländischen Grenze zu melden, um Lebensmittel zu kaufen. Dort gaben die Holländer ihnen einfach einige französische Zeitungen. L___, der Herausgeber der Gazette ale Valenciennes, verkaufte diese Zeitungen für fünfzehn Francs pro Stück an M___, der sie für drei bis fünf

Francs pro Stunde an die Leute verlieh. Wenn seine Kunden sie gelesen hatten, verkaufte er sie in Douai. Als er verhaftet wurde, fand man in seinem Haus mehrere Verse, die sich über den Kaiser lustig machten; dies war eine weitere Straftat. Während der Anklageerhebung hörte Hauptfeldwebel Sohn nicht auf, Frau M___, die sehr hübsch war, mit seinen Aufmerksamkeiten zu belästigen, und versicherte ihr, dass er alles tun würde, um ihrem Mann zu helfen, wenn sie ihm gefällig wäre. L___ und M___ wurden wegen des Verkaufs französischer Zeitungen zu je eintausend Mark verurteilt. M___ ging wegen seiner Verse über Wilhelm II. für drei Monate ins Gefängnis. Der Bürgermeister von Marly, M. Druy, wurde inhaftiert, weil er über Holland und England nach Frankreich gereist war, um seinen Sohn zu besuchen, der sich in Brest aufhielt. Er war dann zurückgekehrt. Diese Reise war möglich, weil es in Frankreich und Belgien eine geheime Organisation für Menschen gab, die fliehen wollten. Es war alles vorbereitet, damit die Flüchtenden die elektrisch aufgeladene Barriere überqueren konnten; sie taten dies mit Hilfe einer Doppelleiter. Das war natürlich ziemlich teuer. Manchmal wurde auch der Wachposten bestochen. M. Dreyfus, Mitglied der Ernährungskommission von Valenciennes, sorgte so für die Flucht von fünfzehnhundert jungen Männern. Er wurde zu drei Jahren Zwangsarbeit verurteilt, etwa zur gleichen Zeit, als Fräulein Edith Cavell verurteilt wurde. Was den Bürgermeister von Marly betrifft, so weiß ich nicht, wie sein Urteil lautete, da ich Valenciennes vor seinem Prozess verlassen habe.

Zwei Frauen, die einige Polizisten geschlagen hatten, wurden zu je tausend Mark und drei Monaten Gefängnis verurteilt.

Im Gefängnis des Hauptquartiers wartete eine ganze Reihe von deutschen Soldaten auf ihr Kriegsgericht, weil sie ihren Urlaub überzogen hatten oder unerlaubt abwesend waren. Es gab auch einige, die sich geweigert hatten, Befehle zu befolgen und sich gegen ihre Offiziere geäußert hatten. Wenn sie sich vorher gut benommen hatten, wurden sie leicht bestraft, aber sie wurden immer in die Schützengräben an der Front geschickt, und die eigentliche Vollstreckung ihrer Strafe wurde bis zum Ende des Krieges ausgesetzt. Wenn sie sich benahmen, wurden sie dann begnadigt. Man fragt sich, ob viele Soldaten nicht absichtlich Straftaten begangen haben, um verurteilt zu werden, in der Hoffnung, auf diese Weise dem Krieg zu entgehen.

Wenn sich Preußen und Bayern im selben Ort aufhielten, kam es oft zu Streitigkeiten. Im August 1915 kam es in Douai zu einer regelrechten Schlacht zwischen den Truppen dieser beiden Länder, bei der acht Offiziere und zahlreiche Männer getötet und viele verwundet wurden. Vierhundert Männer wurden vom Kriegsgericht in Lille zu ein bis zwölf Jahren Gefängnis und Zwangsarbeit verurteilt. In der deutschen Presse wurde diese Angelegenheit nie erwähnt.

Jeden Dienstag fuhr ein Zug mit Soldaten, verurteilten

Bürgern und zur Deportation verurteilten Personen nach Deutschland. Viele Einwohner wurden deportiert, ohne dass sie verurteilt worden waren - einfach durch einen Verwaltungsakt.

Jeder im Hauptquartier, von Oberstleutnant Spiers bis hinunter zur Polizei, ließ für sich selbst eine Menge Schuhe aus Leder anfertigen, das für den Bedarf der Armee beschlagnahmt worden war. Sie schickten diese Schuhe nach Deutschland. Dr. Wunder wies die Unteroffiziere an, vorsichtig zu handeln, damit dieser Trick nicht auffliege, und er selbst würde die Kisten mit dem Siegel des Hauptquartiers „Verschmutzte Kleidung" kennzeichnen.

Das Folgende ist jedoch die interessanteste Geschichte, die ich von meinen Erfahrungen in Valenciennes erzählen kann: In der Automobilstation von Valenciennes gab es einen Jungen aus einer Münchner Familie, der ein Chauffeur war und der, obwohl er sein Jahr als Freiwilliger nicht abgeleistet hatte, mit den Offizieren umherging: ein junger Faulpelz von hoher Geburt. Dieser junge Mann, der seine Zeit angenehm hinter den Linien verbrachte, hatte ein sehr hübsches Mädchen von etwa achtzehn Jahren bemerkt. Ihre Mutter führte ein Gasthaus zwischen Marly und Saultain. Der junge Chauffeur kam oft in das Gasthaus, bestellte immer die teuersten Weine und Branntweine und versuchte auf alle möglichen Arten, mit dem Mädchen eine freundschaftliche Beziehung einzugehen. Aber diese hatte eine so heftige Abneigung gegen ihn, dass sie immer das Zimmer verließ, sobald er es betrat. Um sich nicht entmutigen zu lassen, folgte er ihr mehrmals auf die Straße, aber sie fand immer einen Weg, ihm auszuweichen. Eines Tages traf sie ihn auf dem Markt von Valenciennes. Er hatte einen Plan, und als er auf sie zukam, befahl er ihr, ihm sofort zu folgen. Das junge Mädchen, sehr verängstigt, folgt ihm gehorsam, denn sobald ein deutscher Soldat einem Zivilisten sagt, dass er ihn verhaftet, muss dieser ohne Protest folgen, auch wenn er später, nach einer Untersuchung, wieder freigelassen werden könnte. Der Chauffeur führt das junge Mädchen zu seinem Haus, schiebt sie in sein Zimmer, dreht den Schlüssel um und geht wieder hinaus, um seinen Pflichten nachzukommen. Nachts kommt er nach Hause und findet seine Gefangene. Kurze Zeit später geht er wieder hinaus und stellt sich im Hauptquartier, wo er sagt, dass er gerade aus Versehen ein junges französisches Mädchen getötet hat. Sie finden die Leiche des jungen Mädchens in seinem Zimmer; sie hatte einen Schuss in die Stirn erhalten.

Die Geschichte des Chauffeurs - absurd - ist wie folgt:

Das junge Mädchen hatte eingewilligt, sich ihm hinzugeben. Als er sich entkleidete, ging sein Revolver, den er jeden Abend auf den Tisch neben seinem Bett zu legen pflegte, versehentlich los und tötete sie.

Die Eltern des Mädchens beschuldigten den Chauffeur, ihre Tochter ermordet zu haben, die er in eine Falle gelockt hatte, weil sie sich geweigert hatte, sich ihm hinzugeben.

Die ärztliche Untersuchung ergab, dass das Mädchen nicht geschändet worden war. Der Mann wurde wegen willkürlicher Freiheitsberaubung zu einer Freiheitsstrafe von sechs Monaten verurteilt. Der offensichtliche Tatbestand des Mordes wurde außer Acht gelassen. Da er vor dem Kriegsgericht bereits fünf Monate im Gefängnis verbracht hatte, wurde er einige Wochen später entlassen. Als der Vater des Mädchens dieses schändliche Urteil hörte, protestierte er heftig und sagte, dass die Deutschen den Mörder seiner Tochter freisprechen würden, dass es so etwas wie eine deutsche Justiz nicht gäbe, usw. Der arme Mann wurde sofort verhaftet und ein paar Tage später nach Deutschland deportiert.

Die alte, trauernde Frau ist nun ganz allein in dem Gasthaus an der Straße nach Marly und trauert um ihren Mann und ihre Tochter. Diese Geschichte wurde mir von Oberstabsfeldwebel Sohn, der bei der Verhandlung dabei war, bestätigt. Der gesamte Stab des Hauptquartiers hat sie mir bestätigt. Die Ermordung und die Verurteilung haben einen tiefen Eindruck auf das ganze Dorf gemacht, konnten aber nicht mehr Hass hervorrufen, als ohnehin schon gegen alles Deutsche bestand.

Mein Aufenthalt in Valenciennes endete am 20. September. An diesem Tag wurde ich aufgefordert, mich in Saverne im Elsass zu melden, wo mein Regiment stationiert war.

XXVI.

DIE SCHLACHT IN DER CHAMPAGNE

(September, 1915)

Am 11. September komme ich in Saverne (Elsass) an, wo mein Bataillon einquartiert ist. Ich wollte mich bei meinem Freund Löffelhardt einquartieren, der bei einer Elsässerin wohnte, deren Mann Leutnant der Reserve an der Front war. Diese Frau erzählte uns, dass alle Bürger von Saverne (sie sprach von den Elsässern) überzeugt waren, dass der Krieg sie an Frankreich zurückgeben würde. Alle Elsässer hassten die Preußen von ganzem Herzen, besonders seit der Reuter- und Forsner-Affäre, und hatten nur einen Wunsch - wieder französische Staatsbürger zu werden. Nach dem Abendessen machten wir einen Spaziergang durch die Stadt und unterhielten uns mit einigen Einwohnern. Sie sprachen alle Französisch und gaben vor, kein Deutsch zu verstehen. Alle sagten uns, dass das Elsass nach dem Krieg wieder französisch werden würde. Sie beklagten sich sehr über die strenge deutsche Verwaltung, die sie wie die Franzosen und Belgier in den eroberten Gebieten behandelte.

Wir hatten erwartet, noch etwas Zeit in Saverne zu verbringen, als wir plötzlich den Befehl erhielten, sofort in die Champagne aufzubrechen, wo die Franzosen eine große

Offensive starteten. In dieser Nacht brachen wir unser Lager in einer unbeschreiblichen Unordnung und Eile ab. Viele Männer nutzten diese Gelegenheit, um zu desertieren. Sie wurden später vor ein Kriegsgericht gestellt.

Am vierundzwanzigsten brachen wir um sechs Uhr morgens über Sarreguemines, Thionville, Longuyon und Vouziers nach Savigny auf. Der Zug kam sehr gut voran, und in Longuyon hielten wir kaum lange genug, um zu essen. In Savigny warteten die Automobile, um uns in großer Eile an die Front zu bringen. Die Straße von Savigny nach Séchault glich den großen Boulevards von Paris, so viel Verkehr gab es. Wir hörten bereits das Donnern der Kanonen, und bald fuhren wir mit hoher Geschwindigkeit an den Artilleriestellungen vorbei. Noch nie habe ich so viele Kanonen so dicht beieinander gesehen. Uns allen war klar, dass die französischen Armeen eine gewaltige Anstrengung unternahmen, um die deutsche Linie zu durchstoßen.

Bevor wir in Séchault ankamen, mussten unsere Autos abbremsen, so sehr war die Straße verstopft. Die französischen Granaten fielen in dieser Region und richteten natürlich erheblichen Schaden an.

Zum ersten Mal hörten wir den furchterregenden Lärm der Fliegerbomben. Alle Soldaten des Bataillons, die zwei Tage zuvor noch so glücklich waren, waren nun traurig und entmutigt, denn sie glaubten, dass sie in den Tod gehen würden.

In Séchault verließen wir unsere Autos und erreichten Ripont im Gewaltmarsch. Wir befanden uns an der gleichen Stelle in der Nähe des berühmten „Teufelslochs", wo wir im Mai 1915 so gelitten hatten. Der von zahlreichen Granatenlöchern zerfurchte Boden war mit Kadavern von Männern und Pferden übersät.

In Ripont warteten wir bis zur Nacht, bevor wir uns in unsere Schützengräben begaben. Auf dem Weg dorthin hatten wir mehrere Verluste erlitten. Reserveleutnant Abraham war getötet worden, und wir hatten alle das Gefühl, dass wir aus dieser Hölle nicht lebend zurückkehren würden.

Schließlich nahmen wir unsere Schützengräben in Besitz. Sie waren von der französischen Artillerie halb zerstört worden, und wir mussten uns sofort an die Arbeit machen, um sie unter dem höllischen Beschuss des Feindes wieder instand zu setzen.

Bei Tagesanbruch griffen uns die Franzosen nach einem schrecklichen Bombardement an, das drei Stunden gedauert hatte. Hätten die Franzosen nicht so schnell angegriffen, wären unsere Stellungen mit Sicherheit ausgelöscht worden. Sie waren jedoch etwas voreilig, und die ersten von ihnen, die uns angriffen, wurden abgeschossen oder gefangen genommen. Wir versteckten uns hinter Leichenbergen und sahen uns wie Verrückte um, weil wir dachten, unser letztes Stündlein habe geschlagen. Da wir nicht damit rechneten, lebend herauszukommen, beteten wir darum, dass der Tod uns ein für alle Mal vernichten möge. Wir waren nicht gerade nervös, aber wir hatten uns dumpf mit dem Unvermeidlichen abgefunden. Die Soldaten verhielten sich mechanisch. Wir starrten dumm auf unsere Kameraden, die neben uns fielen, und wir legten uns ruhig neben sie, als ob wir es nicht verstehen würden.

Natürlich hatte es unser tapferer Bataillonschef Lindwurm gemäß seiner edlen Gewohnheit vorgezogen, nicht in die Schützengräben zu gehen. Er versteckte sich in einer Höhle zwischen Ripont und Gratreuil, und die gesamte Verantwortung für die Führung des Bataillons fiel auf Rickert, Löffelhardt und mich. In großer Sorge fragten wir Oberleutnant Zietz, den Kommandeur der 6. Kompanie, ob er das Kommando über das Bataillon übernehmen würde. Er sagte uns, dass er eine solche Verantwortung nicht auf sich nehmen könne, dass er nicht im Einsatz sei, dass er genug habe und dass er froh sei, wenn dieses schmutzige Geschäft, das aus Töten und getötet werden bestehe, vorbei sei. Dann trafen wir Leutnant Dehes, der im aktiven Dienst war. Er sagte, dass er es vorzöge, an der Spitze seiner Kompanie zu sterben, und dass er alle Befehle, die er von uns erhielt, ausführen würde.

Am 26. September war die Hölle los. Das Artilleriefeuer erreichte den Höhepunkt der Gewalt, die Erde bebte und viele Soldaten verloren den Verstand und wurden zu lebenden Leichen. Wer sich in einem unterirdischen Bunker aufhielt, setzte sich der Gefahr aus, lebendig begraben zu werden. Die Männer irrten wie verrückt durch die Schützengräben und suchten Schutz vor dem Tod. Plötzlich brachen die Franzosen zu unserer Rechten durch. Sie passierten unsere Stellung, die keinen Widerstand leisten konnte, und durchstießen im Laufschritt unsere zweite Linie, die sie völlig überraschten. Die Franzosen setzten ihren Vormarsch in Richtung Ripont hartnäckig fort. Einige Minuten später sahen wir ihre Kavallerie vorrücken. Instinktiv begannen unsere Männer, auf dieses lebende Ziel zu schießen, und eine Reihe französischer Kavalleristen fielen ihrer Tapferkeit zum Opfer. Die verängstigten Pferde sprangen im Galopp über die Toten und Verwundeten hinweg. Einige schleppten ihre Reiter mit sich. Unsere Artillerie hatte sich sofort auf die französische Kavallerie konzentriert, ohne sich um uns zu kümmern, so dass wir gezwungen waren, unsere Linien im Laufschritt zu verlassen, damit nicht jeder von uns durch unsere eigenen Geschütze getötet wurde. Wir wussten nicht, wo wir waren und was wir tun sollten. Wir waren von allen Seiten von den Franzosen umzingelt. Außerdem war es für uns unmöglich, uns zu ergeben, da die deutsche Artillerie die Stellung durchkämmte, die für die Franzosen ebenso unhaltbar war wie für uns. Schließlich erreichten wir die zweite Linie, ohne zu wissen, was wir taten. Dort fanden wir einen Haufen toter und verwundeter Deutscher und einige verrückte Soldaten, die sangen und lachten, weil sie so viel Lärm machten. Alle anderen waren von den Franzosen, die Ripont eingenommen hatten und über die Scholle vorgedrungen waren, in Verwirrung gestürzt worden.

Diese tapferen Männer mussten vor einer Schlucht zwischen Ripont und Gratreuil Halt machen, wo die deutschen Reserven, die auf sie warteten, das Feuer auf sie eröffneten. Aber in ihrem Eifer hätten sie dieses neue Hindernis wahrscheinlich überwunden, wenn sie nicht unglücklicherweise gerade in diesem kritischen Moment in die Reichweite ihrer eigenen Geschütze geraten wären. Es blieb ihnen nichts anderes übrig, als sich zu ergeben. Viele unserer Soldaten sagten mir hinterher, dass sie dies bedauerten, denn wäre es nicht passiert, hätten sie selbst die Möglichkeit gehabt, sich den Franzosen zu ergeben und damit den Krieg zu beenden.

Rickert fragte Löffelhardt, ob wir dies nicht ausnutzen und unsere Frontlinie zurückerobern könnten. Alle unsere Kompanien außer der 5. unter dem Kommando von Dehes hatten ihre Offiziere verloren. Wir sagten Dehes, er solle angreifen, und wir eroberten unsere Frontlinie zurück, wo wir nur einige französische Soldaten vorfanden, die sich ergaben, aber auf Dehes' Befehl sofort getötet wurden, denn die Aufregung war so groß, dass niemand Gnade walten ließ. Für diese tapfere Tat erhielt Dehes das Eiserne Kreuz erster Klasse. Schließlich war es nur unsere 5. Kompanie, die vorrückte. Die anderen weigerten sich unter dem Vorwand, dass sie keine Offiziere hätten. Leutnant Zietz wurde getötet und sein Pfleger kniete eine halbe Stunde lang vor ihm und flehte ihn an, aufzustehen. Der arme Junge war verrückt geworden.

Zurück in unserer ersten Stellung konnten wir uns ein Bild von dem furchtbaren Massaker machen, das stattgefunden hatte. Wir liefen buchstäblich über Haufen von Toten und Verwundeten, Franzosen und Deutsche bunt gemischt. Schreie, Stöhnen, das Todesröcheln, regelrechte Schmerzensschreie entstiegen diesem Schlachtfeld. Einen Moment lang dachte ich, ich würde verrückt werden wie alle anderen, denn mein Geist schien zu schweifen und meine Sinne waren betäubt. Viele Männer waren stocktaub geworden und blieben auf dem Boden sitzen, ohne etwas zu bemerken. Wenn man sie ansprach, starrten sie einen nur mit einem dummen Blick an.

Natürlich wurden an diesem Tag keine Rationen verteilt, und wir fanden unsere Nahrung, indem wir die Rucksäcke der Toten durchsuchten. Die Männer zogen es vor, die Franzosen zu durchsuchen, die in ihren Feldflaschen Weißbrot, Sardinendosen, Schokolade und Kaffee hatten, aber keinen Schnaps. Zum Glück waren die Feldflaschen der deutschen Toten voll mit Schnaps. Wir saßen in unseren zerstörten Schützengräben, aßen und tranken mechanisch, dachten an nichts und kümmerten uns nicht um die Schlacht, die noch immer rechts von uns in Richtung SommePy tobte, wo es furchtbar gewesen sein muss, denn die Granaten schlugen zu Tausenden ein und verdunkelten den

Himmel mit einer riesigen schwarzen Rauchwolke. Der Boden bebte wie bei einem Erdbeben.

Endlich, am 28. September, kehrte eine relative Ruhe ein, und wir wurden mitten in der Nacht abgelöst. Damit endete für mich diese furchtbare Schlacht in der Champagne, die ich nicht überleben wollte. Am neunundzwanzigsten biwakierten wir im Lager Nummer drei, zwischen Gratreuil und Ripont. Wer hatte unsere Plätze an der Front eingenommen? Wir wussten es nicht, alles ging so schnell, und die Soldaten hatten ihre Schulterklappen abgenommen, auf denen die Nummern ihrer Regimenter standen. Jetzt konnten wir unsere Verluste zählen. Sie waren schrecklich. Wir haben mehr als zwei Drittel unserer Truppen verloren. Wir sind nur noch dreihundert Mann in einem Bataillon, das vor dem Abzug aus Saverne vollständig reorganisiert wurde und zu diesem Zeitpunkt tausend Mann zählte. Unser Bataillonskommandeur, Hauptmann Lindwurm, der, wie ich bereits erwähnte, während der Schlacht nicht das Kommando übernommen und uns unseren eigenen Kräften überlassen hatte, besaß die Unverfrorenheit, uns zu versammeln und uns folgendermaßen anzusprechen:

„Liebe Kameraden, ich danke euch für euren Mut und für euren Heldenmut. Ihr habt die vom Feind eingenommenen Stellungen tapfer zurückerobert. Ich bin stolz darauf, euer Anführer zu sein. Ihr habt alle meine Befehle befolgt und das 2. Bataillon mit Ruhm bedeckt."

Diese Worte waren unglaublich, denn sie kamen von einem Feigling wie ihm, der jetzt, wo die Gefahr vorüber war, so tat, als hätte er das Deutsche Reich gerettet. Janecke, ein Gefreiter erster Klasse, erzählte Rickert und mir im Hauptquartier, was Lindwurm während des Kampfes getan hatte. Am 25. September befahl Oberstleutnant Rogge über einen Unteroffizier, Zentgroff von der Hauptkompanie, Lindwurm, sich sofort bei ihm zu melden. Lindwurm versprach zu kommen, tat dies aber nicht und versteckte sich stattdessen in einem Unterstand in Ardeuil. Am nächsten Tag kam Rogge selbst zu ihm und sagte zu ihm:

„Herr Hauptmann, es tut mir leid, Ihnen sagen zu müssen, dass ich bewiesen habe, dass die Offiziere Ihres Bataillons ihre Pflicht nicht erfüllen und die Befehle ihrer Vorgesetzten nicht befolgen. Vor Ihnen hat ein Offizier dieser Kompanie meine Befehle nicht befolgt, und ich musste mich über ihn beschweren“ (er sprach von Schmidt), „und doch war er kein Feigling. Sie scheinen von der gleichen Krankheit befallen zu sein. Ich möchte, dass Sie zur Kenntnis nehmen, dass ich Sie dafür verantwortlich mache, wenn die Disziplin Ihrer Kompanie nicht dem entspricht, was man von preußischen Truppen erwartet und verlangt. Ich befehle Ihnen zum letzten Mal, zu Ihrem Bataillon zurückzukehren und es zu führen.“ Lindwurm machte sich mit dem Gefreiten Bastian auf den Weg, blieb aber in Séchault stehen und Bastian erreichte uns allein. Er übergab uns die von Lindwurm unterzeichneten Befehle und wies uns darauf hin, dass alle Mitteilungen an das Regiment zuerst an

Lindwurm zur Unterschrift geschickt werden müssten. All dies hinderte Lindwurm nicht daran, einige Tage später das Kommando zu übernehmen. In dieser Zeit hielt er eine weitere Rede, in der er die Frechheit besaß, von der schrecklichen Schlacht in der Champagne zu sprechen, die er nie vergessen würde. Was er sicher nicht vergessen hat, war der Schrecken, den er hatte. Am 8. Oktober kehrten wir mit neuen Rekruten in die Schützengräben zurück, die unsere Verluste ausglichen und es uns ermöglichten, unsere Einheiten neu zu formieren. Wenn man diese neuen Männer sieht, könnte man meinen, Deutschland sei am Ende seiner Manneskraft, denn es waren Jungen von kaum achtzehn Jahren und grauhaarige Männer von vierzig bis fünfundvierzig. Unter ihnen gab es sogar Krüppel, Lahme und einige arme Teufel, die bereits ein Bein oder einen Arm verloren hatten und trotzdem an die Front geschickt wurden.

Am 4. Oktober dankte uns General von Einem in seinem Tagesbefehl für unsere Tapferkeit. Dieser Befehl hätte den Soldaten vorgelesen werden müssen, aber Lindwurm hielt das für unnötig.

„Diejenigen, die es interessieren würde“, sagte er, „sind tot, verwundet oder vermisst; die, die übrig sind, haben nicht genug Verstand, um es zu verstehen. Was die neuen Rekruten betrifft, so geht es sie nichts an.

XXVII

DOUAI - IN DER CHAMPAGNE

Am 6. November verlassen wir zum letzten Mal unsere Schützengräben in der Champagne und brechen in Richtung Arras auf. Am 9. kommen wir in Mouchy an und am 10. sind wir vor Arras, wo wir als Reserve bleiben.

Unsere Männer waren bei den Bürgern einquartiert. Es war uns verboten, mit den bayerischen Soldaten etwas zu tun zu haben, um Streitigkeiten und Auseinandersetzungen zu vermeiden. Es war uns auch verboten, mit den Einheimischen zu korrespondieren, denn es schien, dass die meisten alliierten Spione in Douai und Lille waren. Dieser Befehl hinderte die Herren Offiziere jedoch nicht daran, den Frauen nachzulaufen und mit allen Mitteln - fast immer mit Gewalt - zu versuchen, Mätressen zu finden. Ich kann zum Beispiel einen schrecklichen Skandal um unseren eigenen Bataillonschef, den heldenhaften Lindwurm, erwähnen.

Er wohnte bei einer angesehenen Frau, die allein mit ihrer Tochter, einem etwa vierundzwanzigjährigen Mädchen, lebte.

Lindwurm beschloss, der Geliebte dieses jungen Mädchens zu werden, und er erzählte uns von seiner Absicht. Rickert, der im Zivilleben Theologie studiert hatte, hielt ihm eine ordentliche Standpauke und sagte ihm, dass er sich nicht wie ein Gentleman verhalten würde. Aber Lindwurm wollte nicht auf ihn hören und betrat sogleich das Schlafzimmer des jungen Mädchens. Diese sagte ihm, dass der Herr Kommandant sich geirrt haben müsse und dass er sich im Schlafzimmer einer jungen Frau befinde.

„Mein liebes Fräulein“, antwortete Lindwurm galant, „glauben Sie, was Sie wollen, aber lassen Sie mich Ihnen sagen, dass ich beschlossen habe, Sie zu meiner Mätresse zu machen. Nehmen Sie bitte auch zur Kenntnis, dass jeder Widerstand“ zwecklos sein wird. Wenn du nicht einwilligst, werde ich dich nach Deutschland deportieren lassen.“

Rickert und ich, die wir auf dem Flur standen, konnten alles hören, bis Lindwurm die Tür schloss.

Angewidert ging Rickert zum Hauptquartier von Oberstleutnant Rogge und bat darum, vom Dienst als Adjutant des 3. Rogge verlangte eine Erklärung und Rickert erzählte ihm von Lindwurms Verhalten.

„Reg dich nicht so auf, mein Freund“, antwortete Rogge. „Solche kleinen Affären kommen in der besten Gesellschaft vor, wissen Sie. Regen Sie sich nicht auf. Wenn jeder deine Skrupel hätte, wäre es besser für Deutschland gewesen, nie in den Krieg zu ziehen. Vielleicht bist du ein wenig eifersüchtig, mein lieber Rickert, aber es gibt so viele Frauen auf den Straßen, dass du sicher eine finden kannst, die dir gefällt.“

Unterdessen ließ Lindwurm allerlei Speisen ins Haus der alten Dame bringen, köstliche Leckerbissen, alte Weine und Schnäpse. Als wir zurückkamen, sagte er:

„Meine Herren, ich bin euer Kommandant und der Herr dieses Hauses. Ich habe diesen Proviant bestellt und lade Sie ein - nein, ich befehle Ihnen, heute Abend meine Hochzeit mit diesem jungen Mädchen mitzufeiern."

Einige Minuten später war ich allein mit dem Mädchen, das weinend zu mir sagte:

„Er hat gedroht, mich nach Deutschland zu deportieren, wie alle anderen auch. Was würde mit meiner armen Mutter geschehen, wenn sie hier allein gelassen würde."

Vor dem Abendessen machten wir Lindwurm erneut Vorhaltungen, weil er unnötigerweise zwei Frauen unglücklich gemacht hatte. Aber er antwortete:

„Ihr geht zum Teufel. Das ist der Brauch des Personals, und ich habe die Absicht, ihm zu folgen."

Löffelhardt, der manchmal sehr offen sprach, war entrüstet und zögerte nicht, ihm grob zu antworten:

„Mein Herr, wenn alles nach Brauch verlief, wie kommt es dann zu den vielen Faulenzern und Feiglingen ‚an der Front', die die Herren und ‚ich' gut kennen?"

Lindwurm erbleichte, antwortete aber nicht.

Das Brautmahl war ein Trauerspiel; niemand aß, und niemand wusste, wie er sich verhalten sollte. Die beiden armen Frauen konnten sich kaum zurückhalten zu weinen, und Lindwurm, niedergeschlagen, wusste nicht, was er sagen sollte, und erkannte, was für eine lächerliche und bestialische Rolle er in dieser sehr traurigen Komödie spielte. Die Atmosphäre wurde so angespannt, dass er seine Position nicht halten konnte. Beim Nachtisch sprach er zu Rickert und sagte, dass ihm all diese Kindereien leidtäten und er bat die Damen, das alles zu vergessen. Wir alle beglückwünschten ihn zu seinem tugendhaften Entschluss.

Am 23. November kehrten wir zum dritten Mal in die Champagne zurück. Im Vergleich zu den schrecklichen Kämpfen im September herrscht an dieser Front nun eine relative Ruhe, und wir sind nicht mehr so unglücklich. Wir besetzen dieselben Stellungen wie zuvor.

Während unserer Abwesenheit hatten die Pioniere hartnäckig daran gearbeitet, Minen zu vergraben, die unter den französischen Gräben explodieren sollten. Unser Bataillon wurde ausgewählt, direkt nach der Explosion einer dieser Minen in der Nacht vom 4. auf den 5. Dezember 1916, genau um halb zwölf Uhr, anzugreifen. Zu diesem Zeitpunkt ertönte ein furchtbares Geräusch, und vor uns sahen wir eine riesige rote Flamme, die plötzlich den ganzen Himmel bedeckte und inmitten einer Eruption von Erde und schwarzem Rauch in die Höhe stieg. Man sah deutlich, wie auf einer leuchtenden Leinwand, mehrere menschliche

Körper, die durch die Wucht der Explosion in eine große Höhe geschleudert wurden.

Lindwurm gab, wie schon gesagt, den Befehl zum Aufbruch um halb zwölf. Aber niemand rührte sich, außer ein paar neuen Männern, die erst kürzlich zum Bataillon gestoßen waren. Leutnant Becker, erst neunzehn Jahre alt, teilte sofort mit, dass seine Kompanie sich weigere, die Schützengräben zu verlassen, es sei denn, Lindwurm selbst käme an die Front, um den Angriff an der Spitze seines Bataillons zu führen. Lindwurm wiederholte daraufhin den Befehl zum sofortigen Angriff und erklärte, er müsse zurückbleiben, um alle Phasen des Angriffs zu leiten. Man muss zugeben, dass er im Prinzip Recht hatte, aber seine Feigheit in der Vergangenheit hatte die Soldaten verärgert.

Durch die Verzögerung, die durch diesen Zwischenfall verursacht wurde, haben wir alle Vorteile der Verwirrung, die durch die Explosion der Mine entstanden war, verloren. Die ganze Angelegenheit war ein Fehlschlag, und wir waren das Ziel eines wütenden Angriffs der Franzosen, die sofort ihre Chance nutzten. Wir mussten uns verteidigen, und nur durch harte Arbeit und unter großen Verlusten konnten wir unsere Positionen halten. Der Ingenieur, der die Mine gesprengt hatte und mit dem Eisernen Kreuz erster Klasse ausgezeichnet werden wollte, unternahm mit seinen fünfzehn Mann einen mutigen Gegenangriff. Er wurde getötet und alle seine Männer, bis auf zwei, die zurückkamen, wurden getötet, verwundet oder gefangen genommen.

Am Ende des Gefechts wurde das Regiment vom General, der das Armeekorps befehligte, streng gerügt.

„Es ist ein Akt der Feigheit und ein Verbrechen", sagte der General, „den Gehorsam zu verweigern. Es ist nicht Sache des Soldaten, was sein Vorgesetzter tut. Er hat nur zu gehorchen und die ihm erteilten Befehle auszuführen. Wenn das noch einmal vorkommt, werden die strengsten Maßnahmen ergriffen".

Rogge schloss sich diesem Vorwurf an und beschuldigte das Regiment der Meuterei.

Zur Strafe musste das Bataillon mehrere Tage länger in den Gräben bleiben, aber die Soldaten machten sich darüber lustig. Erst am 13. Dezember wurden wir abgelöst. Als wir nach hinten geschickt wurden, versammelte Rogge das Bataillon und hielt eine Rede, in der er sagte, er schäme sich, unter dem Kommando solcher Feiglinge zu stehen. Er kündigte an, dass eine bestimmte Anzahl von Männern aus jeder Kompanie ausgewählt und zu einem anderen Regiment geschickt werden solle. Als sich die Männer zischend und murrend zurückgezogen hatten, waren die Offiziere und Unteroffiziere an der Reihe, die er zurückgehalten hatte.

„Sie haben mich gehört, meine Herren. Ich habe Sie festgehalten, um Ihnen zu sagen, dass dieser Ungehorsam die Folge Ihrer Nachsicht mit diesen Bauern ist, die nur tun, was sie wollen. Ihr behandelt sie wie Gleichgestellte, und sie machen sich über euch und eure Befehle lustig. Sie dürfen niemals freundlich mit ihnen sprechen, sondern müssen sie im Gegenteil streng behandeln. Die Blamage des 2. Bataillons geht auf mein Konto. Ich hoffe, dass sich so etwas nicht wiederholen wird."

Als Rogge weg war, sagte Harnischmacher, der als Offizier diente:

„Rogge ist ein großartiger Redner, aber er kommt nie selbst an die Front und zieht es vor, sich mit Wein und in Gesellschaft der größten Trunkenbolde des Regiments zu besaufen. Ich möchte auserwählt werden, dieses Regiment zu verlassen, das nichts weiter ist als eine Gesellschaft von antiquierten Schlägern und Feiglingen."

Lindwurm hörte sich das alles an, ohne ein Wort zu sagen.

In den sieben Stunden, in denen das Bataillon ruhte, quälten sie die Männer zur Strafe mit langwierigem Drill. Viele wurden krank, aber Major Fisher vom Sanitätskorps sagte zu ihnen: „Solange ihr euch noch auf den Beinen halten könnt, kümmere ich mich nicht um euch."

Eines Tages ergriff ein Mann der 7. Kompanie, der große Schmerzen hatte und den er gerade auf diese Weise weggeschickt hatte, ein Gewehr am Lauf und versetzte ihm einen schrecklichen Schlag. Dr. Fischer, der fast zu Tode geprügelt wurde, fiel in Ohnmacht und musste ins Krankenhaus gebracht werden. Der Mann wurde verhaftet und ins Gefängnis gebracht, wo er sich in der Nacht erhängte. Dieser Unfall ließ die Beamten in den nächsten Tagen etwas vorsichtiger werden.

Am 21. Dezember kehrten wir in die Schützengräben zurück. Wir waren noch nicht abgelöst worden, als wir nach der Explosion der Mine an der Reihe waren, und so verbrachte das 3. Heiligabend schickte Lindwurm den Männern große Mengen an Wein und Rum. Für jeden vierten Mann gab es mindestens eine Flasche. Das Ergebnis dieser Großzügigkeit kann nicht bezweifelt werden: Alle waren betrunken, und wenn die Franzosen uns angegriffen hätten, hätten sie das ganze Bataillon gefangen genommen, ohne einen Schuss abzugeben. Der Neujahrstag wurde in den Schützengräben auf dieselbe Weise gefeiert, nur dass weniger Alkohol ausgeschenkt wurde, um die allgemeine Trunkenheit des Heiligabends zu vermeiden.

Als wir am 4. Januar unseren Ruheplatz hinter den Linien erreichten, wurden für die Männer jeden Tag Vorträge über die Pflichten des Soldaten gehalten, noch immer wegen ihres Ungehorsams am 1. Dezember. Die Männer mussten die neunundzwanzig Regeln des Krieges wiederholen und auswendig lernen.

Der erste Artikel lautet wie folgt: „Ich schwöre vor Gott dem Allmächtigen, Seiner Majestät Wilhelm II., König von Preußen, Kaiser von Deutschland, treu zu sein, ihn niemals zu verlassen, ihm zu helfen und ihn unter allen Umständen zu Lande und zur See, im Frieden und im Kriege zu verteidigen."

Am 15. Januar 1916, nach einem weiteren Aufenthalt an der Front, wurden wir vom 81. Reserveregiment des 18. Korps abgelöst und vor Verdun geschickt, um am großen Angriff des Kronprinzen auf diese Festung teilzunehmen. Dort wurde ich zu Beginn des Angriffs schwer verwundet.

XXVIII

VERDUN-FRANKFURT-MAYENCE

Vom 16. Januar bis zum 18. Februar 1916 ruhen wir uns in Savigny aus, ohne ein einziges Mal in die Schützengräben zu gehen. Zweifelsohne wollte man uns für die große Offensive gegen Verdun stärken.

Am 18. Februar brachen wir nach Thionville auf, wo wir die Nacht in einer Kaserne in der Nähe des Bahnhofs verbrachten. Am 19. Februar waren wir in Stenay, wo der Kronprinz sein Hauptquartier hatte, dann in Réville, wo wir einige Stunden rasteten. In der Nacht gingen wir in die Schützengräben zwischen Brabant und Beaumont. Wir wurden zwischen dem 35. und 118. Regiment der 56. Division eingesetzt.

Am 21. Februar 1916, gegen fünf Uhr morgens, begann ein schweres Artilleriefeuer, wie wir es noch nie zuvor gehört hatten, nicht einmal in der Champagne. Am Zischen der Granaten konnten wir sofort erkennen, dass nur die schweren Geschütze beschossen wurden.

Um neun Uhr erhielten wir den Befehl, das Fort von Bras zu unserer Rechten anzugreifen und einzunehmen. Die Franzosen leisteten heftigen Widerstand und wir kamen nur sehr langsam voran. Die Schlacht in der Champagne war zweifellos schrecklich gewesen, aber sie war nichts im Vergleich zu dem, was sich hier inmitten der Kämpfe abspielte. Man hatte das Gefühl, dass die angewandten Methoden von einem solchen Ausmaß waren, dass es jenseits der Vorstellungskraft lag, sie zu begreifen. Der Lärm der schweren deutschen Artillerie war etwas Schreckliches; man hatte das Gefühl, als ob alle erdenklichen Kriegsmaschinen versammelt wären. Wir waren in eine riesige Schlacht verwickelt, in der ein Regiment gar nichts war. Es ging nicht mehr darum, Befehle zu geben und zu befolgen (ich spreche von dem, was ein Bataillon betrifft); das war unmöglich. Wir rannten vorwärts, denn ein Rückzug war genauso gefährlich wie ein Vormarsch. Wir befanden uns zwischen zwei Fronten: die deutsche Artillerie vor uns und die Franzosen auf dem Gelände, das wir gerade verlassen hatten. Endlich erreichten wir den ersten französischen Graben. Wir dachten, wir könnten ihn leicht einnehmen, aber wir hatten uns getäuscht, denn die wenigen Soldaten, die ihn hielten, kämpften verzweifelt. An mehreren Stellen kämpften die Verwundeten wütend weiter, bevor sie unter unseren Schlägen zusammenbrachen. Kein einziger Trupp gab auf, so lauteten die Befehle an die kleinen Trupps und sogar an einzelne Personen. Endlich waren wir im Besitz des Grabens, der durch die schwere deutsche Artillerie völlig zerstört worden war. Es war ein furchtbares Chaos von menschlichen Trümmern. Man hörte ein Stöhnen, das aus dem Inneren der Erde aufzusteigen schien - die Schreie der Unglücklichen, die in ihren Unterkünften lebendig begraben waren. Wir waren gezwungen, uns in diese Stellungen zu begeben und uns hinzulegen, um dem Feuer der französischen Artillerie zu entgehen. Am zweiundzwanzigsten Tag mussten wir in den Packen der Toten nach Essen suchen. Wir waren nicht gerade hungrig, aber wir wussten nicht, was wir tun sollten, und aßen mechanisch.

Am folgenden Tag, dem dreiundzwanzigsten, befahl mir Lindwurm, mit einem Soldaten nach hinten zu gehen, um dem Regimentschef zu berichten, dass das Bataillon völlig aufgelöst worden war und dass sich viele Soldaten anderer Regimenter unter uns befanden.

Wir verließen die Schützengräben. Überall schlugen die Granaten ein. Wir waren noch nicht ganz sechzig Meter hinter der Linie, als ich plötzlich sah, wie mein Kamerad wie verrückt kämpfte, während ich einen Schlag auf meiner rechten Seite spürte. Ich stürzte - ich erinnerte mich später - und schrie wie ein Narr „Hilfe". Dann wurde ich ohnmächtig, und ich habe nie erfahren, wie lange ich bewusstlos war.

Als ich die Augen aufschlug, lag ich in einem Bett im Feldspital in Stenay. Es war der 26. Februar. Der Pfleger sagte mir, dass ich in der Nacht vom vierundzwanzigsten zum fünfundzwanzigsten ins Krankenhaus gebracht worden war.

Ich hatte eine Wunde an der rechten Seite. Auf meine Bitte hin versprach mir der Chefarzt, sein Bestes zu tun, um mich in das Krankenhaus in Frankfurt am Main zu bringen, dem Hauptquartier des 18. Er hat sein Versprechen gehalten.

Am achtundzwanzigsten wurde ich mit dem Automobil nach Longuyon geschickt und sofort mit einem Zug des Roten Kreuzes nach Frankfurt gebracht, einem wunderbaren Krankenhaus auf Rädern, sehr komfortabel und gut organisiert. In meinem Abteil befanden sich ein französischer Leutnant und ein arabischer Offizier, die beide in Verdun verwundet worden waren. Der Arzt gab jedem von uns eine Morphiumspritze und wir schliefen ein.

Ich wachte im Krankenhaus in Frankfurt auf, wo ich zusammen mit dem französischen Leutnant in einem komfortablen Zimmer untergebracht war.

Die Ärzte haben sich sehr gut um mich gekümmert. Zu den Damen des Deutschen Roten Kreuzes möchte ich sagen, dass sie den Engländern und Deutschen das Leben sehr schwer machen, aber die Franzosen wie kleine Kinder streicheln und verwöhnen. Den Beweis dafür hatte ich in Frankfurt. Die Dame, die sich um den französischen Offizier und mich kümmerte, war die Ehefrau von Dr. S___, der an der Front war. Sie gab dem Leutnant absolut alles, was er wollte, sogar das, was der Arzt verboten hatte. Mir gegenüber lehnte sie fast alles ab. Da sie ein wenig Französisch sprach, kam sie, wenn ihr Patient nicht schlief, um mit ihm zu plaudern. Der Franzose, der bemerkt hatte, dass sie mir alles verweigerte, sagte mir, dass er sie um alles bitten würde, was ich brauchte, als ob es für ihn selbst wäre. Infolgedessen wurden alle meine Wünsche erfüllt, ohne dass sie es wusste. Sie wusste nicht, dass ich Französisch sprach, und machte sich keine Gedanken darüber, was sie vor mir zu ihrem Leutnant sagte. Sie stellte ihm Fragen über das Pariser Leben, insbesondere über die Frauen. „Vermissen Sie nicht Ihre Geliebten? Es muss sehr traurig für einen jungen Mann wie Sie sein, von seiner kleinen Freundin getrennt zu sein“, sagte sie süffisant. Ich, der all dies hörte und ihre kleinen Intrigen sah, amüsierte mich köstlich, wo er lag, und gab mir große Mühe, wegen meiner Wunde nicht zu lachen. Manchmal, wenn sie zu zärtlich wurde, bat der französische Offizier sie höflich, ihn eine Weile schlafen zu lassen, weil er müde war. Sobald sie das Zimmer verließ, lachten wir so sehr, dass wir unseren Kummer vergaßen. Eines Tages, als wir gerade dösten, kam sie leise herein. Ich tat so, als ob ich schliefe, aber ich beobachtete sie aus dem Augenwinkel. Sie blickte den schlummernden französischen Offizier liebevoll an und beugte sich dann über ihn, um ihn auf die Stirn zu küssen. Am 20. März hatte ich das Vergnügen, meine Mutter zu küssen. Nachdem unsere Krankenschwester, Frau Si, festgestellt hatte, dass ich Französisch verstand, wurde ich in eine andere Abteilung verlegt, wo ich von einem Pfleger betreut wurde. Ich blieb bis zum 26. Juni im Krankenhaus. Ich hatte einen halben Tag Urlaub, den ich bei meiner Mutter in Fulda verbringen wollte. Es ging mir nicht ganz gut, denn meine Mutter war gegen eine gefährliche Operation, die der Arzt durchführen wollte und von der er mir sagte, sie würde mich entweder vollständig heilen oder tödlich sein.

Während meiner zehntägigen Rekonvaleszenz konnte ich mir ein Bild von der Lage der Zivilbevölkerung in Deutschland machen. Am 10. Juli meldete ich mich in Mayence, wo ich unser Bataillon junger Rekruten vorfand, mit denen ich etwa zwanzig Tage lang trainierte.

Am 1. August traf ich endlich wieder mit meinem Bataillon an der Front ein, die nicht weit von Verdun, zwischen Neuvilly und Aubréville, lag. Lindwurm, Rickert und Löffelhardt waren noch dort. Alle anderen Offiziere waren tot, verwundet oder vermisst. Sie waren alle traurig, denn der große Vorstoß gegen Verdun war gescheitert und unsere Lage war alles andere als angenehm. Löffelhardt und ich waren zutiefst angewidert von diesem Krieg, in dem wir jedoch mehr als zwei Jahre lang unsere Pflicht getan und so oft unser Leben riskiert hatten.

Am 20. Oktober bereitete mir meine nicht gut verheilte Wunde so große Schmerzen, dass ich mich in das Krankenhaus von Valenciennes begab, wohin mein Bataillon zurückgekehrt war. Ich wurde ein zweites Mal in das Krankenhaus von Frankfurt zurückgeschickt, wo man mich nach zwei Tagen entließ und mir mitteilte, dass ich nicht an die Front zurückkehren müsse. Am achtundzwanzigsten erhielt ich in Hanan meine Fahrkarte nach Ober Jersdal im Norden von Schleswig an der dänischen Grenze.

XXIX

AN DER DÄNISCHEN GRENZE

Ich wurde in Ober Jersdal in ein Hilfskorps aufgenommen, das die Aufgabe hatte, die dänische Grenze zu verteidigen. Hauptmann Kopp, mein Vorgesetzter, gab mir die Erlaubnis, in der Stadt zu wohnen.

Bei der Durchquerung Deutschlands konnte ich die zahlreichen Vorsichtsmaßnahmen zur Verhinderung von Spionage und Indiskretionen beobachten. Reisende Offiziere mussten ihre Schulterklappen abnehmen, damit niemand erfuhr, zu welchem Regiment sie gehörten oder woher sie kamen.

Ich trat am 10. November mit meinem neuen Bataillon den Dienst an. Fast alle Soldaten waren Kriegskrüppel.

Wir mussten von Hadersleben bis Tondern Gräben ausheben für den Fall eines englischen Angriffs über Dänemark. Unser Sektor erstreckte sich von Nieder Jersdal bis Aokaer und Skovby, wo der gesamte Ackerbau zerstört worden war. Es waren riesige Tunnel gegraben worden, regelrechte Katakomben und tiefe Betongräben, die mit versteckten Kanonen und Maschinengewehren befestigt waren. In Skovby zählte ich auf engem Raum sechs der schwersten Geschütze und vierundzwanzig Maschinengewehre, die in Betonbunkern untergebracht waren. In Nieder Jersdal wurde eine Familie gezwungen, ihr Haus zu verlassen, damit der Keller vermint werden konnte. Von Nieder Jersdal bis Ober Jersdal wurde eine Barriere aus stark mit Strom geladenen Drähten gespannt. Die Stromquelle befand sich unter der Erde. Unzählige Waggons brachten das für die Fortifizierungen notwendige Material nach Flensburg.

Alle Bewohner dieses Landes, mit denen ich sprechen konnte, sprachen Dänisch und betrachteten sich als Dänen. Sie sprachen nicht gern Deutsch. . . .

(Hier enden die Memoiren von Feldwebel C___)

Druck:
CPI Druckdienstleistungen GmbH
im Auftrag der
Zeitfracht GmbH
Ein Unternehmen der Zeitfracht - Gruppe
Ferdinand-Jühlke-Str. 7
99095 Erfurt